Andrés de Claramonte

Deste agua no beberé

Barcelona **2024**
Linkgua-ediciones.com

Créditos

Título original: Deste agua no beberé.

© 2024, Red ediciones S.L.

e-mail: info@linkgua.com

Diseño de cubierta: Michel Mallard.

ISBN tapa dura: 978-84-1126-174-6.
ISBN rústica: 978-84-96428-66-9.
ISBN ebook: 978-84-9897-178-1.

Sumario

Brevísima presentación

La vida

Andrés de Claramonte (1580-1626). España.

Se sabe muy poco de su vida. Nació en su Murcia y algunos estudiosos le atribuyen la autoría de *La estrella de Sevilla*. Trabajó en teatros de dicha ciudad y escribió varias obras notables por su acción y sentido épico.

El rey cruel

La trama de esta obra se refiere a Pedro I el Cruel o el Justiciero, citado en los primeros romanceros, en los poetas y dramaturgos del Siglo de Oro e incluso entre los románticos (véase la obra *Blanca de Borbón*, de Espronceda).

Pedro el Cruel repudió a su legítima esposa, doña Blanca de Borbón, de la dinastía Valois, tras conocer que no recibiría la dote pactada. Más tarde la encerró en un castillo hasta la muerte de ésta. Mientras él disfrutaba de su amante predilecta, doña María de Padilla.

Su reinado fue interrumpido por su medio hermano, el infante don Enrique de Trastámara.

La presente edición se basa en la de: Madrid, Atlas, 1951.

Personajes

Criados
Don Diego Tenorio, noble
Don Fernando, noble
Don Gil de Colomba, noble
Don Gutierre Alfonso, noble
Doña Juana Tenorio, dama
Doña Mencía de Acuña, dama
El rey don Pedro I
García de Lirún, escudero
Labradores
Monteros del rey
Músicos
Soldados
Tisbea, criada
Un caballero
Un villano
Una Sombra
Una villana

Jornada primera

(Salen el rey don Pedro, don Fernando don Gil, caballeros, de caza.)

Rey

Coman los caballos, que hoy
tengo de entrar en Sevilla,
si en mi pensamiento voy.

Gil

Morirán.

Rey

No es maravilla
que mueran, si muerto estoy.   5

Fernando

Ya en este castillo están,
donde con gusto les dan,
por saber que tuyos son,
abundante la ración;
y soberbio el alazán,   10
con soplos atemoriza,
que, enojado del camino,
hunde la caballeriza.

Gil

Parece un monstruo marino
bañado en espumariza,   15
que a los huéspedes caballos,
juzgándolos por vasallos,
arrincona a las paredes;
que imitando al de Diomedes,
pretende despedazallos.   20
Tal brío y valor le ha dado
el haberle sustentado,
que por distinto y por ley,
ve que es caballo del rey,
y quiere ser respetado.   25

Rey	Convidando a descansar
	está este apacible sitio;
	no es tan ameno el lugar
	donde un tiempo a Apolo Fitio
	le consagraron altar. 30
Gil	Siéntate un poco, señor,
	en la margen cristalina
	deste arroyuelo.
Rey	Si amor
	natural alma le inclina,
	sentarme yo fuera error. 35
	Si sus eternos raudales
	corren con presteza iguales,
	murmuradores y esquivos,
	por las piedras fugitivos,
	despedazando cristales 40
	hasta llegar a la mar,
	que es su dichoso elemento,
	¿por qué yo me he de parar,
	si en su eterno movimiento
	de mí le oigo murmurar? 45
	Antes que aprisione el día
	entre la espumosa fría
	cárcel la noche, he de ver
	otro Sol amanecer,
	don Gil, en doña María. 50
	Convóquense mis hermanos,
	y con su rigor inciten
	a guerra a los castellanos;
	que no hay armas que me quiten
	de la prisión de sus manos. 55

	Ve por los caballos.	
Fernando	Voy, pero apenas han comido.	
Rey	Lo que me detengo estoy de los cabellos asido; que Absalón de España soy.	60
Gil	Convidando está a beber, con su risueño correr sobre búcaros de arena, el agua.	
Fernando	En las hojas suena, muestra de risa y placer.	65
Rey	Sed me ha dado el verla así brindar y no detenerse; ¿hay bolsa?	
Fernando	Ignorante fui; no la truje; mas traerse puede, señor, agua aquí del castillo.	70
Rey	Dices bien. Don Gil, ve; di que me den un jarro de agua, sin dar a nadie que sospechar.	
Gil	¿Y no diré para quién?	75
Rey	No, no.	

Gil	Ya saben, señor, quién eres; que los lacayos lo han publicado.
Rey	¡Qué error!
Fernando	Si un rey es Sol, de sus rayos luego se ve el resplandor; 80 y como encubrirse el Sol, así en el orbe español, señor, puedes encubrirte; porque es forzoso vestirte los rayos de su arrebol. 85
Rey	Pues a cualquiera que esté en el castillo, dirás que agua para mí te dé; y quién vive en él sabrás con recato.
Gil	Así lo haré. 90
(Vase.)	
Músicos (Cantan dentro.)	Llámente Jerusalén, rompe el aire en fieros gritos: porque es desdichado el reino si su rey viene a ser niño. Roboán, Roboán, coge 95 la rienda a tus apetitos; mira que tus verdes años no cumplirán treinta y cinco. ¡Ay de ti, rey desdichado,

	que en el monte de tus vicios	100
	te precipitas! Detente,	
	no digas que no te aviso.	

Rey

          Mira quién canta.

Fernando

                    Un villano,
sentado al pie de unos mirtos,
está cantando y tejiendo   105
una corona de lirios.

Rey

          Dale una voz.

Fernando

                   ¡Aldeano!

(Sale un villano con una corona de mirtos.)

Villano

          ¿Decís a mí?

Fernando

                Sí, a vos digo.

Villano

          ¿Qué es lo que mandáis?

Fernando

                     ¿Quién sois?

Villano

          Jardinero, que cultivo   110
en esta apacible huerta
cuadros con que el tiempo admiro,
pues compongo de arrayanes
y de olorosos tomillos,
en estos curiosos lazos,   115
intricados laberintos,
donde la naturaleza
a Atlante deja vencido,

	brotando Dafnes de murta	
	en aqueste paraíso.	120
Rey	¿Quién te enseñó esa canción?	
Villano	En esta canción repito	
	las profecías de amor.	
Rey	¿Quién fue amor?	
Villano	Un pastorcillo	
	que profetizó en los montes	125
	lo que ahora profetizo.	
Rey	¿Eres profeta?	
Villano	Yo, no;	
	mas Dios las verdades dijo	
	por boca de sus profetas,	
	y yo cantando las digo.	130
Rey	Ven acá; ¿para quién tejes	
	esta corona?	
Villano	He querido	
	que el rey la lleve en su frente;	
	que así su fin pronostico.	
	Símbolo los lirios son	135
	de la muerte.	
Rey	Y dime, ¿has visto	
	tú al rey?	
Villano	Ni le quiero ver;	

pero a voces le apercibo
que en breves días le espera
el más tremendo juicio.   140

(Vase.)

Rey   ¡Ah, villano! Don Fernando,
                             matadle.

Fernando   En los brazos mismos
                             le he de hacer dos mil pedazos.

(Éntrase tras el villano.)

Rey   Mancharé en su pecho el limpio
                             acero deste puñal.   145

(Vuelve don Fernando con una mortaja en las manos.)

Fernando   Como viento se deshizo
                             y me dejó entre los brazos
                             un lienzo.

Rey   ¡Extraño prodigio!

Fernando   ¡Mortaja es!

Rey   Muestra, ¿qué es esto?
                             ¡Cielos, estoy sin sentido!   150
                             ¿A mí mortaja un villano,
                             cuando reino, cuando vivo?
                             ¿A mí fingidos temores?
                             ¿A mí embelecos fingidos?
                             ¿Piensas, Enrique, que ansí   155

me espanto y atemorizo,
que con dos varas de lienzo
quieres enterrar mis bríos?
Pues si te diere Tesalia
sus diabólicos ministros,   160
sus mágicos Zoroastes,
y sus engaños Egipto,
viera a vuestros conjurados
como los mármores indios.

Músicos   No consienten compañía   165
(Cantan dentro.) el reinar desde el principio,
                  pues en Caín y en Abel
                  aqueste ejemplo se ha visto.

Fernando   Otra vez por estos olmos
                  enlazados y tejidos   170
                  de mil parras, de quien penden
                  negros y rubios racimos,
                  que unos corales parecen
                  y otros parecen jacintos,
                  sueña, y parece mujer   175
                  la que canta.

Rey   Si a Virgilio
                  crédito diera, pensara,
                  Fernando, que los Elíseos
                  Campos estoy contemplando.

Fernando   Señor, aplica el oído;   180
                  que hacia acá cantando vuelve
                  por las márgenes del río.

Músicos   Por reinar sin compañía,

(Cantan.) Semíramis mató a Nino,
           propagando desta suerte   185
           el reino de los asirios.
           Rómulo dio muerte a Remo,
           que hace el reinar fratricidios.
           Mira por ti, rey don Pedro,
           no digas que no te aviso.   190

(Sale una labradora)

Rey   ¿Quién eres, mujer?

Villana   Señor,
           por Sierra Morena guío
           un ejército de ovejas,
           cuyos blancos vellocinos,
           considerados de lejos,   195
           ensortijados y limpios,
           copos de peinada nieve
           parecen entre los riscos.

Rey   Ven acá, y eso que cantas,
           ¿por quién lo dices?

Villana   Lo digo   200
           por ver este triste reino
           así en bandos dividido,
           y vendrá a ser asolado;
           palabras que Dios ha escrito
           con sus dedos sempiternos   205
           en sus inefables libros.
           Reinar quieren dos hermanos.
           Y reinará el más bienquisto,
           porque son investigables

| | de Dios los altos juicios. | 210 |

Rey   ¿Reinará Enrique o don Pedro?

Villana   Dios lo sabe.

(Vase huyendo.)

Rey   Aguarda, dilo.
Tenla, Fernando.

Fernando   También
la tragó la tierra.

Rey   Ovidio
dejó sus transformaciones   215
en este encantado sitio.
¿Qué dejó?

Fernando   Un puñal sangriento.

Rey   Fernando, éstos son avisos
del cielo, que en el puñal
y en la mortaja me han dicho   220
que dé muerte a mis hermanos.
¡Santo y milagroso arbitrio!
Publicaré a sangre y fuego
guerra a mis hermanos, dignos
por su ambición, de la muerte,   225
de quien haré sacrificio.

(Sale don Gil.)

Gil   Por el agua que pediste,

llegué, señor, al castillo;
pero Mencía de Acuña,
en cuyo rostro divino   230
cifrada la omnipotencia
de la mano de Dios miro,
mujer del comendador
de Alanís, cuyo apellido,
Gutierre Alfonso Solís,   235
es, señor, que al fronterizo
Moro de Tarifa pone
espanto y miedo, me dijo
que ella quería servirte
la copa, y tomando un vidrio   240
de agua, lo puso en sus manos,
quedando el viril corrido,
si las manos del cristal
eran un pedazo mismo;
y juntando las doncellas   245
y criados que ha podido,
con porcelanas y cajas
y con bocados distintos,
con que brinda en los palacios
la lisonja al apetito,   250
el agua viene a traerte;
y el presente regocijo
dice que llega.

Rey   Esta selva,
de encantamentos ha sido.
Quiera Dios que con bien salga,   255
Fernando, en tantos peligros.

(Sale doña Mencía, con un vidrio de agua, Tisbea y acompañamiento de criados y cajas de conserva.)

Mencía	Reciba de una mujer	
	la voluntad vuestra alteza,	
	y ella supla la grandeza	
	que aquí quisiera ofrecer;	260
	el agua vengo a traer,	
	de respeto helada y fría,	
	y no traigo, aunque podía,	
	el monstruoso desatino	
	de Egipto deshecho en vino,	265
	que ansí Cleopatra sería.	
	Un pedazo de cristal,	
	puro, nativo y cuajado,	
	traigo, que el agua se ha helado,	
	temerosa, en trance igual;	270
	vuestra grandeza real	
	la beba, de gusto lleno;	
	que aquí la salva condeno,	
	pues en el vidrio riendo,	
	a voces está diciendo	275
	que está libre de veneno.	
	De los dulces que tenía	
	en casa, aquesto junté;	
	que, como de prisa fue,	
	me atreví a la cortesía;	280
	supla la miseria mía	
	el ánimo liberal,	
	a vuestra grandeza igual;	
	que no será maravilla	
	que lisonjee a Castilla	285
	con sus dulces Portugal.	
Rey	No estéis, mi señora, ansí;	
	mirad que no beberé.	

Mencía	Yo estoy bien.

Rey	Poneos en pie,	
	pues pie en el agua perdí.	290
	Don Gil, ¿agua no pedí?	

Gil	Y agua traigo.

Rey	Yo estoy ciego;	
	si lo es, ¿cómo no sosiego?	
	mas ¿quién habrá que sosiegue,	
	si entre dos manos de nieve	295
	me dais un vidrio de fuego?	
	Fuego con agua templado	
	me traéis, que, aunque encendido,	
	en vuestras manos asido,	
	viene así disimulado;	300
	pero si parece helado	
	el fuego que en ella hallé,	
	si bebo, más sed tendré;	
	que el licor que el vidrio fragua	
	es fuego vestido de agua,	305
	y ansí fuego beberé.	
	Los dulces, sin ocasión,	
	vienen, mi señora, acá;	
	que donde esa boca está	
	los dulces, ¿para qué son?	310
	Amor vierte colación	
	en ellos, más liberal;	
	y no es a Portugal	
	hacelle, señora, agravios;	
	que en dulzura vuestros labios	315
	afrentan a Portugal.	

Mas por habellos traído,
de los dulces probaré
y del agua beberé,
si es agua el fuego encendido.   320
Hércules, señora, he sido,
y si lo soy en la ira,
del agua helada que mira,
el alma su incendio vea;
que es razón que Hércules sea   325
donde vos sois Deyanira.

Mencía   Estimo tanta merced,
indigna de mi humildad;
pero los dulces probad
y el agua clara bebed.   330

Rey   Plega al cielo que mi sed
tiemple el agua; es extremado
este bocado, y me ha dado
gusto; mas no hará provecho,
que imagino que en el pecho   335
hace efeto de bocado.
Venga el agua; helada está;
mas ¡ay! que aunque helada entró,
del fuego participó
de vuestras manos, que ya   340
el alma abrasado me ha,
y abrasado, no sosiego.

Mencía   Pues quiébrese el vidrio luego.

(Quiébrale.)

Rey   ¿Por qué la quebráis ansí?

Mencía	Porque agua, señor, le di,	345
	y él la ha convertido en fuego.	
Rey	Malos, agüeros espero	
	quebrándole.	
Mencía	Gran señor,	
	como no es vidrio el honor,	
	quebralle no es mal agüero;	350
	el vidrio le considero	
	antes de haberle comprado,	
	de aquesta suerte quebrado;	
	y el que compralle procura,	
	solo en él paga la hechura,	355
	y así la hechura he pagado.	
	Éstos son mis pareceres;	
	que en dando que sospechar	
	es gran cordura quebrar	
	los vidrios y las mujeres,	360
	a esos cesáreos poderes	
	este vidrio se atrevió,	
	y pues él la ocasión dio,	
	quebrado mejor está,	
	y así no sospechará	365
	mal dél quien dél sospechó.	
	Y perdone vuestra alteza,	
	y deme para volver	
	licencia: que a una mujer	
	es mucha tanta largueza.	370
Rey	Al compás de la belleza	
	es la discreción: que en vos	
	quiso señalarse Dios;	

que la mayor valentía
es que en una tiranía   375
puedan conservarse dos.
Justo es el daros lugar;
pero justamente quiero
servir aquí de escudero,
que os tengo de acompañar;   380
y esta noche he de quedar
por huésped en el castillo.

Mencía   Humilde a esos pies me humillo;
que aunque no está en Alanís
Gutierre Alfonso Solís,   385
sabré el favor escribillo.
No sé si podréis caber,
porque es cosa conocida
no cortarse a esa medida,
y ansí pequeño ha de ser;   390
quisiera ahora tener
los muros de Babilonia
y la maravilla ausonia;
pero, señor, acetad
una humilde voluntad,   395
una humilde ceremonia.
Voy a mandar prevenir
la cena, de gusto llena;
que con posada y con cena
os quiero, señor, servir;   400
que cuando os queráis partir,
la posada pagaréis
solo con que perdonéis
las faltas de nuestra venta;
que así quedaré contenta   405
y contento partiréis.

No os daré mansos faisanes
adornados de matices;
mas daréos tiernas perdices,
diezmos de mis gavilanes;   410
y encarcelados en panes,
peces y aves peregrinas,
gazapos destas encinas
y gallinas diferentes;
que en las comidas valientes   415
no pueden faltar gallinas.

Rey   Estimo el ofrecimiento;
que de oírosle contar,
la pena del desear
me aflige y me da tormento.   420

Mencía   Pues voy a hacer que al momento
se prevenga cama y cena.

Rey   En casa abundante y llena
presto se pondrá por obra.

Mencía   Donde la voluntad sobra   425
la falta no se condena.
Yo me quiero adelantar;
deme su alteza licencia.

Rey   La hermosura y la prudencia
tienen un mismo lugar;   430
pero señal quiero dar
de la posada.

Mencía   Yo soy
huésped que de balde doy

	la posada en el castillo.	
Rey	Tomad este cabestrillo.	435
Mencía	¡Gran señor!	
Rey	Corrido estoy;	

      y quisiera que sus bellas
      piedras, del Sol semejantes,
      como son finos diamantes,
      fueran racimos de estrellas;   440
      pero ya soberbias ellas,
      estrellas se juzgarán
      si en vuestras manos están,
      aunque es cosa cierta y clara,
      con la luz de vuestra cara   445
      todas sin luz quedarán.
      Y a doncellas y criados
      que me han servido también
      a cada uno les den,
      Don Gil, quinientos ducados.   450

Mencía	Con huéspedes tan honrados,	
	rico el huésped quedará.	
Criado	El cielo le trujo acá;	
	¿éste es malo? Es sin segundo;	
	el mayor rey es del mundo.	455
Tisbea	¿Por qué?	
Criado	Porque es rey que da.	

(Vase doña Mencía y criados.)

26

Rey	¡Ay, don Gil! ¡Ay, don Fernando!	
	¡Qué bellísima mujer!	
	Esta noche he de perder	
	la vida, y estoy temblando.	460
	Aquellos dos que cantando	
	me dieron lienzo y puñal,	
	otra desventura igual	
	cantando pronosticaron,	
	que mis obsequias cantaron;	465
	mirad quién pensara tal.	
	Gozaréla o moriré	
	en la demanda, don Gil;	
	que si es rigor de gentil,	
	amor el tirano fue.	470
Fernando	Tu honor, tu reino, tu fe	
	defiende el comendador	
	Gutierre Alfonso, señor.	
Rey	El amor es tan cruel,	
	que cuando honor me da él,	475
	manda quitarle el honor.	
	Gutierre Alfonso Solís	
	en Tarifa me perdone;	
	que el amor me descompone.	
Fernando	¡Señor!	
Rey	Cansado venís	480
	¿no sabéis que me servís?	
	¿Que soy río en el correr,	
	que atrás no puede volver?	

Gil	¡Señor!
Rey	¡Oh, qué desvarío hacéis, viendo que soy río, en quererme detener!

485

(Vanse.)

(Sale doña Juana.)

Juana	Celos, reloj de cuidados, que a todas las horas dais tormentos con que matáis aunque estéis desconcertados, Gutierre Alfonso Solís muchos años me sirvió, y la palabra me dio; ¿cómo no se la pedís? Envióle a Portugal el rey, para muerte mía, donde con doña Mencía de Acuña, en ausencia igual, dicen que el rey don Dionís le casó, y faltó a la ley de amor, por dar gusto al rey, Gutierre Alfonso Solís. Pero desta sinrazón Herifele pienso ser; que estoy celosa, y mujer sin honra y sin opinión. Levantaré un testimonio contra mi fama, pues soy mujer junto al árbol hoy, y los celos son demonio.

490

495

500

505

510

(Sale don Diego, su hermano.)

Diego
          Ahora recibí de don Fernando
          un pliego en que me dice que mañana
          en Sevilla entrará.

Juana
                       Yo voy trazando
          mi venganza.

Diego
                  Importa, doña Juana,
          saber tu voluntad, y dime el cuándo.   515

Juana
          Hermano, en ser su esposa soy quien gana;
          pero...

Diego
               ¿Qué dudas? Habla.

Juana
                         El alma duda.

Diego
          ¿Qué mujer en su gusto estuvo muda?
          ¿Qué dudas?

Juana
                 Es de suerte, que no puedo
          de Don Fernando ser esposa.

Diego
                       ¿Cómo?   520
          Pues pierdes la vergüenza, pierde el miedo.

Juana
          Sabrás...

Diego
               Venga, si es mal, con pie de plomo.

Juana
          Mal afrenta es.

Diego	Tente, habla quedo.

Juana	Deja, don Diego, tremolando el pomo	
	desa daga, vengándote en mi pecho,	525
	y aun no estarás del todo satisfecho.	

Diego   ¿Qué dices? ¿Estás loca?

Juana   Estuve loca,
si ahora cuerda soy y arrepentida.

Diego	Vuélvele las palabras a la boca;	
	que puede la menor ser homicida.	530

Juana   A mí el decirte mis agravios toca,
y a ti el vengarlos, sin que te lo impida
temor humano; que el amor divino
vive en el alma, que del cielo vino.

Diego	¿Estás casada? ¿La palabra diste	535
	a algún villano inadvertidamente?	
	¿Engañóte algún noble, en quien pusiste	
	tu ciega voluntad? ¿Sabe la gente	
	alguna infamia tuya? ¿En qué consiste	
	la turbación y suspensión presente?	540
	Responde, o ¡vive Dios! que con la daga	
	en ese pecho vil mil bocas te haga.	

Juana   Hermano...

Diego	Aguarda, y cerraré esta puerta,	
	y aun estoy por quitar estos tapices;	
	que una afrenta los mármoles despierta.	545

Ya está cerrada, mira lo que dices.

Juana   Yo confieso, don Diego, que estoy muerta,
cuando de mi traición te escandalices,
y ahora solamente aquí es mi intento
hacer de mis agravios testamento.   550
Don Gutierre Solís fue muchos días,
con mil firmezas, pretendiente mío,
y vencida, señor, de sus porfías
y su gallardo y generoso brío,
soltando rienda a las pasiones mías,   555
ejecuté su amante desvarío
debajo de palabra de marido.
Mira, don Diego, tú, si lo ha cumplido.

Diego   ¿Gutierre Alfonso de Solís ha hecho
tan grande alevosía?

Juana   Y se ha casado.   560

Diego   ¿Tal rayo el cielo fulminó en tu pecho?

Juana   Júpiter es, y el alma me ha abrasado.

Diego   Yo quedaré, traidor, tan satisfecho,
tan loco, tan alegre y tan vengado,
que mi satisfacción eternamente   565
camine por los ojos de la gente.
Mas dime, vil mujer, ¿cómo has podido
en dos años tenerle así encubierto?

Juana   Quise morir callando tanto olvido.

Diego   Y ese tiempo mi honor ha estado muerto.   570

Tú la primer mujer del mundo has sido
que un secreto ha guardado y encubierto;
mas es un animal tan imperteto,
que cuando importa hablar, guarda secreto.
¡Vive Dios! que Castilla ha de perderse,   575
y de su ingratitud he de vengarme;
mayor fuego que en Troya ha de encenderse.

Juana   Cuando en defensa de mi agravio se arme,
que vengados mis celos han de verse.

Diego   Mi agravio he de seguir hasta vengarme.   580
¡Árdase el mundo!

Juana   Una mujer con celos
en la tierra es castigo de los cielos.

(Vanse.)

(Sale doña Mencía y Tisbea.)

Tisbea   Ya están acostados todos.

Mencía   Dame las llaves, Tisbea,
que es bien que el castillo vea;   585
que se vela donde hay lobos;
que las noches en que están
los palacios de revuelta,
la desvergüenza anda suelta
si alguna ocasión le dan.   590
Entra, a las doncellas di
que se acuesten sin ruido,
porque está el rey recogido;
y deja esa luz aquí.

| Tisbea | ¿No te quieres desnudar? | 595 |

Mencía	¿Esto tienes de decir,
	si hay noches para dormir
	y hay noches para velar?
	Bien pareciera durmiendo,
	cuando tal grandeza está	600
	en casa. ¿Qué hora será?

| Tisbea | Ya es media noche. |

| Mencía | Leyendo |
| | aguardaré al Sol despierta. |

| Tisbea | Roma tal mujer no vio; |
| | ¿cerraré la puerta? |

Mencía	No,	605
	que el valor no está en la puerta.
	Esta noche importa, honor,
	pues el enemigo se arma,
	estar siempre a punto de arma,
	para salir vencedor.	610
	En el castillo cerrados
	nos tiene el rey, que sus ojos
	me han contado sus enojos;
	hagamos de los soldados
	reseña, y póngase en orden	615
	la batalla, no haya falta;
	porque si el contrario asalta,
	no nos venza por desorden.
	Mis honrados pensamientos
	se pongan en la manguardia,	620

33

y formen la retaguardia
mis sentidos, siempre atentos.
El cuerpo de la batalla,
vos, honor, tomad, que ansí
seguro estaréis allí,   625
sin poder desbaratalla.
Yo acá fuera pienso estar;
que quiero con honra y vida
ser centinela perdida,
que ansí me pienso ganar.   630
Honor, ¿qué nombre me dais,
vos, que el escuadrón regís?
«Gutierre Alfonso Solís»;
mirad cómo le guardáis.
Yo os prometo, santo honor,   635
que nadie al campo entrará,
si este nombre no me da.
Parece que oigo rumor
del enemigo; fingir
quiero que duermo, y saber   640
si es su intento acometer;
que así le he de resistir.

(Hace que duerme.)

(Sale el rey.)

Rey   Un criado me guió
                     hasta el cuarto de Mencía;
                     que a dádivas y porfía   645
                     pocos han dicho de no.
                     Mas ¡ay de mí! que no está
                     acostada, que vestida
                     se ha quedado, y sostenida

la cara en la mano está,   650
y bañados de arrebol
los ojos, con los que ofrecen,
los dedos rayos parecen,
y las mejillas el Sol.
Pero cuando me desvela,   655
y en sus rayos indio he sido,
vengo a hallar el Sol dormido
a los rayos de una vela.
¡Válgame Dios! ¿Quién pensara
que el Sol del cielo durmiera,   660
y que así se escureciera,
que una vela le alumbrara?
¿Qué haré para despertalla?
Fingir que se me ha caído
la espada, y haré ruido   665
pues todo me escucha y calla.

Mencía   ¡Ay de mí! ¿Quién está aquí?

Rey   Gente de paz.

Mencía   Arma, cierra;
que aquesta es hora de guerra,
no de paz.

Rey   No hay guerra aquí;   670
de paz vengo.

Mencía   Si venís
de paz, dadme nombre.

Rey   El rey.

Mencía	Aquí no arrima su ley;
	y si el nombre no decís,
	es imposible pasar, 675
	aunque el rigor os asombre;
	teneos, si no dais el nombre.
Rey	¿Qué nombre os tengo de dar?
Mencía	El que me ha dado el honor
	que rige esta fortaleza. 680
Rey	¿Mencía?
Mencía	Si vuestra alteza
	de su natural rigor
	quiere usar aquí conmigo,
	considere que he hospedado
	un rey, de quien me he fiado, 685
	y no un tirano enemigo.
	¿Quién es el que vive?
Rey	Yo;
	este nombre te daré.
Mencía	El nombre entrará en mi fe,
	pero vuestra alteza no. 690
Rey	Doña Mencía de Acuña,
	en hora negra yo os vi,
	tocando con mis monteros
	el castillo de Alanís.
	Para más tormento mío 695
	un jarro de agua pedí,
	y abrasásteme con él;

mira quién podrá vivir.
Franqueásteme el castillo,
no sé, señora, a qué fin;   700
mas fue para cautivarme,
pues la libertad perdí.
Si yo pudiera contigo
sola una noche dormir,
aunque le pesara al reino,   705
te hiciera favores mil.
Fueras la más linda amiga
todas vivieran por ti,
y alegres mis gentes todas
te vinieran a servir.   710
Allá en Castilla la Vieja
te daré a Villacastín.
En la nueva, a Manzanares,
Guadalajara y Madrid.
Si no quieres ser mi amiga   715
por tu presencia gentil,
yo me casaré contigo
para merecerte así.
Haré que muera en la guerra
Gutierre Alfonso Solís.   720
Daré muerte a la Padilla
y a la Blanca de París.
Pero si aquesto no haces,
afrentada has de vivir;
que soy don Pedro el Cruel,   725
y todos tiemblan de mí.

Mencía   Confusa me habéis dejado,
si vos, señor, no lo estáis,
de ver que con luz vengáis,
y vengáis tan deslumbrado.   730

El camino habéis torcido;
mirad, rey piadoso y fiel,
que vuestro cuarto es aquél,
y aquéste el de mi marido.
Gutierre Alfonso Solís   735
duerme en éste, en aquél vos,
porque no cabéis los dos
en el cuarto que pedís;
que es tan pequeño el castillo,
que el cuarto que me ha quedado,   740
no es cuarto para sellado,
que es solo cuarto sencillo.
Si el castillo y león son
blasones que el cuarto acuña,
doña Mencía de Acuña   745
tiene castillo y león.
Castillo en su fortaleza
y león en su valor,
porque en monedas de honor
compite con vuestra alteza;   750
y aunque no es moneda igual
de la vuestra, en el castillo
más quiero un cuarto sencillo,
señor, que vuestro real.

Rey   ¿De qué sirve resistencia,   755
pues mi condición conoces?

Mencía   Daré voces.

Rey   Si das voces,
mostraré mayor violencia.
Vive Dios, que hoy he de ser
contigo nuevo Tarquino.   760

Mencía	Yo sabré a tal desatino freno y remedio poner.
Rey	¿Cómo?
Mencía	Imitando a Lucrecia. Mas antes me mataré yo a mí, y también seré 765 más honrada y menos necia.
Rey	Ya entre mis brazos estás.
Mencía	¿Mi honor a robar te pones? ¡Gente, criados! ¡Ladrones!

(Salen los criados, Tisbea, don Gil y don Fernando.)

Criado I	Señora, ¿qué voces das? 770
Rey	Vive Dios, que has de pagarme este desprecio, enemiga.
Gil	¿Qué es esto?
Rey (Aparte.)	No sé qué diga aquí para disculparme.
Mencía	Durmiendo estaba, y llegó 775 con valor y bravo aliento un ladrón a mi aposento; di una voz y el rey la oyó. Acudió de aquesta suerte, desnudo, a darme favor; 780

39

que estimo en mucho mi honor
y voy temiendo la muerte.
Ya su intento está deshecho,
y pues vuestro el favor fue,
yo a Gutierre escribiré   785
la merced que le habéis hecho.

Rey   Soñaba doña Mencía
que en su cuarto había ladrones,
y a las voces y razones
que con los aires movía   790
me levanté alborotado,
y aunque llegué a la ocasión,
era soñado el ladrón.

Mencía   Más vale haberse soñado.

Rey   ¿Hola? De vestir me den   795
y en dándome de vestir,
pues el Sol quiere salir,
me den caballos también;
que hoy he de entrar en Sevilla
antes que llegue a la mar;   800
y vos, volved a soñar.

Mencía   Que sueñe no es maravilla
quien duerme con mi cuidado.

Rey   Yo sé que me soñaréis
antes de mucho.

Mencía   Nacéis   805
señor, para ser soñado.
Quedaos con Dios.

(Vase.)

Rey   Voy corrido
                     del valor desta mujer.

Gil   ¿No la pudiste vencer?

Rey   Antes, don Gil, me ha vencido;   810
                     mas no me logre en Castilla
                     si no me vengare della.

Fernando   ¡Bella mujer!

Gil   Noble y bella.

Rey   Hoy he de entrar en Sevilla (Vanse.)

(Sale doña Mencía y Tisbea.)

Tisbea   Ahora puedes, señora,   815
                     acostarte y descansar.

Mencía   Dichosa puede llamar
                     el mundo a una labradora,
                     que, retirada en su aldea,
                     como la fruta entre pajas,   820
                     hace a las demás ventajas,
                     y no adula y lisonjea;
                     y desdichada a la dama
                     que en la confusión metida
                     de la corte, honor y vida   825
                     aventura con su fama.
                     Mas ¿qué ruido es aquél?

Tisbea	Señora, los labradores,	
	que con guirnaldas y flores	
	se despiden del rey, y él	830
	con tanta prisa ha partido	
	que no los quiso escuchar;	
	y no dejando el cantar,	
	a tu presencia han querido	
	todos, señora, venir.	835
	Si los oyes, tendrás gusto.	

(Entran los labradores y músicos, cantando.)

Músicos	Que si lindo es el poleo,	
	más lindo era el rey don Pedro;	
	que si lindo era el perejil	
	el rey era más gentil.	840

(Sale un Criado.)

Criado	Dame albricias.

Mencía	Yo las debo;
	mas, ¿de qué son?

Criado	Mi señor,
	de Tarifa vencedor,
	vuelve a Sevilla de nuevo.

Mencía		845
	cuándo llegará a Alanís	
	Gutierre Alfonso Solís?	

Criado	Mañana entrará triunfando

	en Sevilla, y otro día	
	por la posta estará aquí.	850
Mencía	Buenas nuevas recebí.	
Criado	Buenas albricias querría.	
Mencía	Yo te mando cien escudos.	
Criado	Beso tus pies.	
Mencía	¿Viene bueno?	
Criado	Bueno, de despojos lleno.	855
Mencía	Vosotros; ¿cómo estáis mudos celebrando mi alegría?	
Tisbea	Ea, pastores, cantad.	
Mencía	Muévate mi soledad; claro Sol, acorta el día.	860

(Vanse.)

(Sale el rey, don Fernando y don Gil.)

Rey	Todos triunfan de mí, pues cuando vengo	
	huyendo de mujer, y con vitoria	
	salió de mi combate, le prevengo	
	en Sevilla al marido triunfo y gloria.	
	Ansí sus sinrazones entretengo,	865
	pues el tiempo le trae a la memoria;	
	que ahora que triunfando entra el marido,	

	siento que la mujer me haya vencido.	
Gil	Alborotada está, señor, Sevilla, con su entrada.	
Rey	Si fue tan de repente, que se alborote así no es maravilla.	870
Fernando	El cabildo te ofrece un gran presente con su gran voluntad.	
Rey	A mi Padilla se le llevad, que ahora en San Clemente el Real esperando está a ser reina de cuanto sobre el Tajo el Ebro peina.	875

(Sale don Diego, vestido de luto.)

Diego	Deme los pies reales vuestra alteza.	
Rey	Pues, don Diego Tenorio, bienvenido; ¿cómo a mis pies venís con tal tristeza? De tanto luto, ¿quién la causa ha sido?	880
Diego	Hase muerto, señor...	
Rey	¿Quién?	
Diego	Mi nobleza, y hacelle las obsequias he querido.	
Rey	¿Quién os pudo afrentar, siendo tan noble?	
Diego	Vence el viento a la palma como al roble;	

¿quién puede, gran señor, tener seguro 885
desta vida el honor, cuando aun apenas
guardalle pudo el babilonio muro,
de quien tantas historias están llenas?
Si es como el Sol resplandeciente y puro,
bañado de claveles y azucenas, 890
¿quién entre tempestades del invierno
podrá tener su resplandor eterno?
Maldito sea aquel que llamó infamia
agravio de mujer, ni le dio nombre
de honor a su virtud, aunque Laudamia 895
el plebeyo motín de Roma asombre;
si por ti fue mujer, mujer fue Lamia.
Solo agravio es aquel que se hace al hombre;
que el que hace la mujer sin que él lo vea,
no es justo ni razón que agravio sea. 900

Rey   Reportaos y decidme vuestro agravio.

Diego   Debajo de palabra de marido,
que amor en los principios es dios sabio,
y a los fines, señor, mal entendido...
Aquí la helada voz pegada al labio 905
se quisiera quedar, mas ya ha salido
desde el pecho a la boca; salga fuera,
que es veneno, y matarme al fin pudiera.
Al fin fió su honor de su palabra,
y afrentado dejóla, y se ha casado; 910
que así el honor en viles pechos labra.

Rey   ¿Quién es esa mujer que os ha afrentado?

Diego   Vierta rayos el Sol, la tierra se abra;
mi hermana es la mujer, y es el culpado

	don Gutierre Solís.	

Rey   ¿Quién dices?

Diego   Digo   915
que es, señor, don Gutierre mi enemigo.
Casóse en Portugal con una dama
de la casa real, quedando muerta
de doña Juana la opinión y fama.

Rey (Aparte.)   (El cielo mi venganza me concierta.)   920
Yo vengaré tu agravio.

Diego   Bien te llama
Castilla el Justiciero, cosa es cierta.

Rey   Vete, y convierte el luto en alegría
pues que corre tu honor por cuenta mía.

(Vase don Diego.)   Bravamente, don Gil, me trujo el cielo   925
desta ingrata a las manos la venganza.

Gil   Ya viene el de Alanís hundiendo el suelo.

Rey   Marchitará mi fuego su esperanza.

Gil   De tu rigor a su lealtad apelo.

Rey   En vano es apelar, todo lo alcanza   930
de su mujer el bárbaro desprecio.

Gil   Gallardo viene.

Rey   Confiado y necio.

(Sale don Gutierre Alfonso y soldados.)

Gutierre   Mil años, rey y señor,
el imperio de Castilla
gocéis, dilatando a España   935
africanas monarquías.
Tiemble a esa voz el alarbe;
mas no será maravilla,
porque ese nombre de Pedro
mil bienes me pronostica.   940
Llegué con dos mil infantes
al socorro de Tarifa,
por orden de mi maestre,
que ya de vos le tenía.
Recibióme al ronco son   945
de sus habenas moriscas
el rey Almoab, soberbio,
que Dios la soberbia humilla.
Parecía el escuadrón
con las colores distintas,   950
pedazos de primavera
por el invierno rompidas.
Presentéle la batalla,
señor, al romper del día,
quitéle treinta banderas,   955
quitéle dos buenas villas,
cautivéle diez alcaides
que sus escuadras regían,
mancebos gallardos, fuertes;
y ansí, a pesar de la envidia,   960
cubran vuestros campos verdes
tantas escuadras moriscas,
que espesas mieses parezcan,
y sus penachos espigas.

Embaracen vuestras plazas 965
las más gallardas cautivas,
de tela rica cubiertas,
bordadas de pedrerías.
Desempiedren vuestras calles
en sus remendadas pías, 970
cuyos espumosos ojos
muevan sus vegas floridas.
Sus gallardos estandartes,
que con matices a cifras
visten de galas el aire, 975
y al cielo ponen envidias,
postrados a vuestros pies,
y sus dueños de rodillas,
en vuestras doradas salas
os sirvan para alcatifas. 980
No pase el tiempo por vos,
y las fuerzas fronterizas
os rindan parias que cobre,
y yo, porque humilde os sirva...

(Vase el rey y todos los demás.)

¿Las espaldas me volvéis 985
cuando os hablo de rodillas?
Si me las volvió el rey moro,
es que miedo me tenía;
pero ¿vos, señor, que dais
espanto con vuestra vista, 990
las volvéis? Pero el huir
no será en vos cobardía;
desdicha mía será;
que cuando los reyes miran
los vasallos con la espalda, 995

sin duda dellos se olvidan.
¿Cómo, señor, desta suerte
se premian hazañas mías,
cuando de Almoab soberbio
dejo las fuerzas rendidas?   1000
Vive Dios, mármoles blancos
que en aquesas bellas pilas
murmurando estáis mi agravio,
vertiendo perlas de risas,
que en vosotros he de hacer   1005
que esté mi memoria escrita;
que he de hacer que el rey me oiga
por razón o por justicia.

(Sale García, lacayo.)

García   Por recebir parabienes,
                aunque más me he dado prisa, 1010
                al alcázar llego tarde.
                Corta es la ventura mía;
                que de las muchas mercedes
                que el rey a mi amo hacía,
                alguna me diera a mí,   1015
                o de diezmo o de primicias.

Gutierre   ¡Jesús!, ¿quién pensara tal?
                Las espaldas imagina
                que en mí seguras la tiene,
                y en otro no las ternía.   1020

García   Don Gutierre, mi señor,
                paseándose suspira,
                y con ademanes fieros
                se espanta y atemoriza.

49

| | Quiero saber lo que tiene. | 1025 |
| | Señor... | |

Gutierre   Déjame.

García   Podrías
mandármelo sin efeto.

Gutierre   ¡Vive Dios!

García   ¡Ay mis costillas!

Gutierre   ¿Quién está aquí?

García   Yo, señor.
¿No conoces a García?   1030

Gutierre   ¿Tú vives cuando yo muero?

García   ¡Ay de mí! Detente, mira
que en buen estado no muero;
porque ha, señor, cuatro días
que di en ser poeta.

Gutierre   ¿A mí   1035
las espaldas?

García   ¡Ay mis tripas!

(Sale don Diego.)

Diego   El rey me ha dado esta carta
para vos; no habéis de abrilla
hasta estar en Alanís.

50

Gutierre	Si mi muerte pronostica	1040
	esta carta, quiero hacer	
	de mi muerte la vigilia.	
Diego	Vamos; porque el rey me manda	
	que os acompañe y os sirva	
	con seiscientos ballesteros.	1045
Gutierre	Yo soy el blanco a quien tiran.	
	Vamos; que no puede haber	
	pena alguna ni desdicha	
	en Alanís, como muera	
	a los ojos de Mencía.	1050

Fin de la primera jornada

Jornada segunda

(Salen labradores, doña Mencía y Tisbea, su criada.)

Labrador I   La danza que para el rey
                        teníamos prevenida,
                        viene, señora, nacida
                        por razón, justicia y ley,
                        al señor comendador,   1055
                        por ser tan grande soldado,
                        hombre que a la África ha dado
                        con sus hazañas temor.
                        Por tan gran capitán ser,
                        esta danza le conviene;   1060
                        favorecedla, que tiene
                        cosas de gusto y placer.
(Cantan.)   ¿Quién es el que viene
                        como el Sol de abril?
                        Es Gutierre Alfonso,   1065
                        gloria de Alanís.

(Sale García.)

García   Dale, señora, a García
                        los pies, que el comendador
                        por las albricias me envía,
                        sirviendo de precursor   1070
                        suyo.

Mencía   Tan alegre día
                        no lo imaginé tener.
                        Toma esta piedra, en señal
                        del bien que te pienso hacer.

García	A esos labios de coral	1075
	que así se quiere atrever,	
	que en la sortija metido,	
	muere de afrenta y rubí,	
	casi afrentado y corrido.	

Mencía	De don Gutierre me di:	1080
	¿cómo viene?	

García	¿No has oído
	su no pensada vitoria?
	Viene galán vencedor
	y tú eterna en su memoria.

Tisbea	Castilla de su valor	1085
	ha de escribir larga historia.	

García	Y del mío; que también	
	ha dado espanto García	
	al moro de Tremecén,	
	y desta vitoria es mía	1090
	la tercia parte.	

Tisbea	Está bien
	y ¿qué nos traes de allá?

García	Veinte moros en cecina.

Tisbea	Buena comida será.

García	¿No es nada, si es de gallina?	1095

Tisbea	Sí; que un cobarde lo es ya.

Mencía	¿Dónde don Gutierre, queda?
García	Media legua, poco más, hay de aquí a aquella alameda.
Tisbea	¿Cómo cuenta no nos das desta guerra? 1100
García	Porque pueda divertirse mi señora mientras llega, contaré la verdad, que acá se ignora.
Mencía	Gusto de oírte tendré. 1105
García	Pues oye, y sabráslo ahora. Cuando en competencia andaban las tinieblas y la luz, y vestido de oro y grana salía el padre común, 1110 el africano escuadrón vimos con tal prontitud, que pensamos que era el iris, verde, morado y azul. Y de haberle visto, apenas 1115 oyó el alarbe el run run, cuando la batalla dimos, famosa del norte al sur. Mi amo, como un dotor, verdugo de la salud, 1120 se metió en medio del campo con su invencible segur. Yo, por otra parte fiero, más que con David Saúl,

di en ellos, manchando en sangre 1125
los filos de Sahagún.
A los encuentros primeros
topé al bravo Ferragut,
y de un revés le envié
a cenar con Belcebú. 1130
Acudieron al estruendo
siete alcaldes del Corfú,
diciendo a voces: «Mahoma,
muera el cristiano Marfús».
Y pronunciado no había 1135
la postrera letra, us,
cuando sin piernas estaban
dos, haciéndome la buz.
Y aun no de un Ave María
dije: «Bendita eres tú», 1140
cuando hicieron cuatro espadas
sobre mi cabeza flux;
y hechos un lago de sangre,
se fueron, como arcaduz,
a los infiernos sus almas 1145
premio a su poca virtud.
Y ansí vencimos al moro,
sacando de esclavitud
más de doce mil cristianos,
que invocaban a Jesús. 1150
Esta vitoria se debe
a García de Lirún,
aragonés hijodalgo
nacido en Calatayud.

Mencía   Tú la has contado muy bien. 1155

García   Pues mejor he peleado;

	pero pienso que ha llegado	
	mi señor.	

Tisbea	A verle ven,	
	señora; que es el deseo	
	tan grande y con fuerza tanta,	1160
	que en cualquier árbol la planta	
	imagino que le veo.	

Labrador II	Salgámosle a recebir	
	cantando, para que vea	
	nuestro amor.	

| Mencía | Vamos, Tisbea; | 1165 |
| | que lo que tardo es morir. | |

| Tisbea | Ea, empezad a cantar. | |
| | Ya llegó, señora, el día. | |

| Mencía | Plega a Dios que mi alegría | |
| | no se convierta en llorar. | 1170 |

Cantan	Para muchos años	
	vengáis a Alanís,	
	a ilustrar el campo,	
	como el Sol de abril.	

(Vanse todos.)

(Sale don Diego, don Gil, don Gutierre Alfonso y otros.)

| Diego | Hola, adelante, pasad | 1175 |
| | todos, nadie quede aquí. | |

| Gil | Haremos tu voluntad, |
| | pues el rey lo ordena así. |

(Vanse, y queda don Gutierre y don Diego.)

Diego	Gutierre Alfonso, sacad
	la carta, ved lo que en ella	1180
	os manda que hagáis el rey,
	cumpliendo aquí con leella
	la obligación y la ley
	del poder que pudo hacella.

Gutierre	Alto pues, sacalla quiero;	1185
	no sé qué traigo conmigo
	después que leella espero;
	que Dios y el cielo es testigo
	que de mil sospechas muero.
	No sé qué tiene esta carta	1190
	debajo de un sello real;
	tanto de mí el gusto aparta,
	que con un temor mortal
	ha de hacer que el alma parta.

| Diego | Acabadla de sacar, | 1195 |
| | pues ya estamos en el puesto. |

Gutierre	El alma empieza a temblar.
	Cielo piadoso, ¿qué es esto?
	Dejádmela brujulear;
	que si es de bastos el juego,	1200
	en ellos podrá venir
	tan grande incendio, que luego
	puede este mar consumir
	de penas, en que me anego.

	Si es de copas, podrá darme	1205
	principio a nuevas querellas,	
	pues en vez de consolarme,	
	podrá venir dentro dellas	
	veneno para acabarme.	
	Si es de oros, bien se entiende	1210
	que no codicio tesoro,	
	mas tanto mi alma se extiende,	
	que se convertirá en lloro,	
	como tesoro de duende.	
	Alto, que si es justa ley	1215
	el hacer del rey el gusto,	
	también será injusta ley	
	el cumplir lo que no es justo.	
(Lee.)	«Mata a tu mujer. -El rey.»	
	Carta, tanto efeto has hecho	1220
	en este pecho, cerrada,	
	que fuera menos, sospecho,	
	una lanza atravesada	
	a la espalda por el pecho.	
	Hoy quedarán bien premiadas	1225
	hazañas que el mundo dio	
	a bellezas mal logradas;	
	pero juráralo yo,	
	carta, que erais de espadas.	
	¿Yo dar la muerte a Mencía?	1230
	¿Posible es tanto rigor,	
	que con tanta alevosía,	
	contra toda ley de amor,	
	dé la muerte al alma mía?	
Diego	Gutierre Alfonso Solís,	1235
	ésta es orden de su alteza.	

Gutierre	¿Posible es lo que decís?
	¿Ha hecho alguna bajeza,
	cielos, que esto consentís?
	Si la muerte le he de dar, 1240
	¿yo la causa no sabré
	porque la manda matar?
Diego	Solo que lo manda sé,
	y no se ha de consultar
	su voluntad y su gusto, 1245
	porque al cielo ni a los reyes
	pedir la causa no es justo.
Gutierre	¿Hay tan rigurosas leyes
	fuera del rigor injusto?
	¿Posible es que tal vasallo 1250
	traten los reyes ansí?
	Culpa en su muerte no hallo.
Diego	Haced lo que os manda aquí,
	y dejad de averiguallo;
	porque imposible ha de ser 1255
	dejar de dalle la muerte.
Gutierre	La vida podré perder,
	primero que desa suerte
	tal crueldad haya de ser.
	Mencía no ha de morir 1260
	si no da causa bastante
	el rey, ni he de consentir
	tan gran rigor; no te espante
	verme locuras decir;
	que a todos los ballesteros 1265
	sustentaré lo que soy,

y ansí yo...

Diego   Basten los fieros.

Gutierre   Hoy he de probar quién soy
desnudando los aceros.

Diego   Tened la espada, que yo   1270
no vengo a reñir aquí;
que hago lo que el rey mandó.

Gutierre   No os espantéis que hable así;
la paciencia me cegó,
porque el alma considera   1275
la pena que ha de pasar
y el gran rigor que me espera.

Diego   Quisiera el daño excusar
con el alma si pudiera;
pero va en ello mi honor   1280
y mi vida, pues el rey
con invencible rigor
hará ejecutar la ley
en mí con crueldad mayor;
porque no la has de excusar   1285
de la muerte con tu muerte,
y el noble, sin reparar
entrada de aquesta suerte,
obedecer y callar
débese por la obediencia,   1290
que es mayor que el sacrificio.

Gutierre   ¿Quién hará al mal resistencia?
Don Diego, pierdo el juicio

y fáltame la paciencia.
¿Es posible que he de dar   1295
muerte a mi propia mujer
sin causa, que ha de obligar
que el rey se ha de obedecer?
¿Mi mujer he de matar?

(Sale doña Mencía, Tisbea y labradores, cantando.)

Labradores (Cantan.) Para muchos años   1300
                      vengáis a Alanís,
                      a ilustrar los campos,
                      como el Sol de abril.

Mencía   ¡Esposo del alma mía!

(Tropieza.)

Gutierre   ¡Mi vida!

Mencía   ¡Válgame Dios!   1305

Labrador I   Tropezaste en tu alegría.

Mencía   ¿Es posible que los dos
                      vemos tan alegre día?
                      Perdonad, que habéis de verme
                      descompuesta; que el amor   1310
                      hace, señor, atreverme;
                      porque dispierta un favor
                      cuando la esperanza duerme.

Labrador I   Dame, señor, esos pies.

Tisbea	Y a mí, señor, esas manos.	1315
Gutierre	Tisbea, amigos.	
Labrador II	¡Qué llanos señores!	
Tisbea	Ser descortés es vicio en los cortesanos.	
Labrador I	Un señor con cortesía ¿cómo puede ser señor?	1320
Mencía	No he tenido mejor día.	
Gutierre (Aparte.)	Yo jamás día peor.	
García	Ya ha referido García la vitoria a mi señora.	
Gutierre (Aparte.)	Al señor don Diego hablad. ¿Quién no se enternece y llora?	1325
Mencía	Mis errores perdonad.	
Diego	No los hace quien ignora.	
Labrador II	Danos, gran señor, licencia para tañer y cantar.	1330
Gutierre	¿Quién hará al mal resistencia? Por hoy lo podéis dejar.	
Labrador II	Grande valor y prudencia;	

	después que estamos cansados	
	de ensayar, no quiere vello;	1335
	servicios mal empleados;	
	el alcalde ha de sabello.	

Gutierre   Tisbea, tú y los criados,
y cuantos estáis aquí,
al castillo os retirad.   1340

Diego   ¿Yo también, Gutierre?

Gutierre   Sí,
vos también, y perdonad.

Diego   Adiós.

Mencía   A Tello le di
dé cuarto al señor don Diego,
y a sus criados y gente   1345
camas le prevengan luego
y comida.

Gutierre   ¡Qué inocente
mujer!

Mencía   Pues, ¿qué sinsosiego
tenéis, cuando me venís
a ver? Mas con la victoria   1350
no cabéis en Alanís,
que es corto lugar y es gloria
inmensa la que pedís;
sentaos aquí en mis regazos.

Gutierre   ¡Ay, Mencía!

Mencía	¿Vos lloráis, 1355
	señor, cuando me dais lazos?
	Si al llanto rienda le dais,
	serán de mar vuestros brazos.
Gutierre	¡Válgame Dios!
Mencía	Prenda mía,
	¿qué tenéis?
Gutierre	No tengo nada, 1360
	pues pierdo lo que tenía;
	volveos a sentar.
Mencía	Sentada
	estoy.
Gutierre	¡Ay, dulce Mencía,
	volvedme a abrazar!
Mencía	¿Qué es esto?
	¿Por qué me abrazáis llorando? 1365
	¿Vos lloroso y descompuesto?
Gutierre	¡Ay de mí!
Mencía	¿Vos suspirando?
	En confusión estáis puesto.
	¿No os ha premiado su alteza?
	¿Adoráis lo que él adora? 1370
	¿Es de amor vuestra terneza?
	Que, al fin, cuando un hombre llora,
	o es de amor, o es de flaqueza.

¿Han hecho en la guerra ofensa
a vuestro honor?

Gutierre   Si hay pesar   1375
que la resistencia venza,
bien podéis, ojos, llorar;
no lo dejéis de vergüenza.

Mencía   ¿Por qué lloráis? ¿Qué tenéis,
que llorando me miráis?   1380
¿Lloráis porque a mí me veis?

Gutierre   Sois mar, y a mis ojos dais
el agua que a vos volvéis.

Mencía   ¿Hombre, y llorando?

Gutierre   Estas medras
mis hazañas no desdoren;   1385
gócente eternas las hiedras,
y es bien que los hombres lloren;
que no son los hombres piedras.
Mas, ¿quién podrá reparar
en tan miserable día?   1400

Mencía   Volveos, señor, a sentar;
¿aún lloráis?

Gutierre   Lloro, Mencía,
por lo que habéis de llorar.
¿No veis estos ballesteros
que desde lejos nos miran   1405
tan arrogantes y fieros?
Pues viendo al blanco que tiran,

es fuerza el enterneceros.
Pues tanto el llanto me cuesta,
dejadme llorar ahora,   1410
porque es cosa manifiesta
que hay del llanto a vos, señora,
solo un tiro de ballesta.

Mencía   No entiendo lo que decís;
                ¿viénennos a dar la muerte   1415
                estos hombres a Alanís?
                ¿Por qué me habláis desa suerte?
                ¿Por qué el daño me encubrís?
                No me dilatéis la espada
                así en suspensión igual;   1420
                que al alma, en sed abrasada,
                le dais a beber el mal,
                señor, en taza penada.
                Vuestra suspensión condeno,
                si de veneno traéis   1425
                el vaso del alma lleno.
                De espacio no me brindéis;
                dadme de golpe el veneno.

Gutierre   Mencía amorosa y fiel,
                entre tanto que yo lloro,   1430
                bebed en este papel,
                que, a falta de vaso de oro,
                el rey me le ha dado en él.
                Esto me manda, y mandar
                esto el rey, es poner duda   1435
                en mi honor.

Mencía   Mayor pesar
                hoy me dais con vuestra duda

que él con mandarme matar.
«Mata a tu mujer», aquí
dice el rey; mas no lo dice,   1440
señor, porque os ofendí;
que de la razón desdice
el mandarlo el rey así.
Que si ofendido os hubiera,
es cosa evidente y clara   1445
señor, que no os lo dijera;
que en secreto reparara
vuestro honor de otra manera.
Su intento queda sabido.

Gutierre   Hay mucho que averiguar;   1450
                   que esto principio ha tenido.

Mencía   Si el rey me manda matar,
                   es porque no os he ofendido.

Gutierre   ¿Qué es lo que dices, Mencía?
                   ¿Cómo es eso? Aguarda, aguarda;   1455
                   ¿el rey te ha visto?

Mencía   ¡Señor!

Gutierre   ¿Tú te turbas? ¿Tú reparas
                   en decirme la verdad?
                   ¿Tú el cristal truecas en nácar,
                   y perlas que al suelo viertes   1460
                   de los ojos desensartas?
                   Mencía, la turbación
                   no debe de ser sin causa;
                   que quien se turba, Mencía,
                   no deja de estar culpada;   1465

dime: ¿cuándo te vio el rey?

Mencía   Escucha y sabráslo.

Gutierre   Pasa
hacia esta parte; que quiero
que te encubran estas ramas,
y si hay pájaros en ellas,   1470
aguarda, haré que se vayan

....

no lo canten por el alba.
No hay nadie, todo está surto;
prosigue.

Mencía   Señor, pasaba   1475
una tarde el rey con solos
dos caballeros, que en blancas
espumas sus tres caballos
parecía que nadaban,
hipogrifos que entre nubes,   1480
que en los vientos despedazan,
querían volar al Sol,
fogosos con furias tantas;
y aunque él iba de secreto,
fue fuerza dalles cebada;   1485
y así vinieron con ellos
seis lacayos a mi casa.
Dijeron que eran del rey,
y de allí a poca distancia
un caballero en su nombre   1490
vino por un jarro de agua.
Prevení todos los dulces,
y con todas mis criadas
y mis criados y propia

quise serville y llevalla.　　　　　　　1495
Díjome que hacer quería
noche en Alanís, que estaba
el Sol cerca de ponerse,
tremolándose en las aguas.
En tu cuarto le hospedé,　　　　　　　1500
pero no en tu misma cama;
que la cama del marido
ni aun el rey ha de ocuparla.
No quise acostarme yo;
que conocí en las palabras　　　　　　1505
sus deseos, y no fueron
todas mis sospechas vanas,
pues cuando en mayor silencio,
vestida de sombras pardas,
guardando estaba la noche,　　　　　　1510
entró, señor, en mi casa,
y quiso, violento y fiero,
atreverse a tu honor.

Gutierre　　　　　　　　　　　　　Calla.

Mencía　　　　　　No tengo por qué, bien puedo
decírtelo en voces altas;　　　　　　1515
que contra reyes don Pedro
hay doñas Mencías castas.
Resistí su torpe fuerza,
desprecié sus amenazas,
sus favores y mercedes;　　　　　　1520
enojose. Ésta es la causa
porque, dando a tu honor vida,
de aquesta suerte me mata.

Gutierre　　　　　　¡Válgame Dios! ¿Quién creyera

70

que cuando entre guerras tantas   1525
el rey me envió a la guerra
contra bárbaras escuadras,
mi honor, mi vida y nobleza
eclipsara con mi infamia?
Pues, vive Dios, que primero   1530
que a su inocente garganta
llegue sangriento cuchillo,
ni llegue bárbara espada,
que he de quitar con la mía,
colérico, vidas tantas,   1535
que piense España que en mí
se han desatado las parcas.

(Sale don Diego.)

Diego   Los seiscientos ballesteros
               que llevar al rey aguardan
               de Mencía el corazón   1540
               se admiran con la tardanza;
               y así, vengo en nombre suyo
               a saber...

Gutierre   Don Diego, basta;
               que a morir estoy dispuesto
               hoy por tan piadosa causa.   1545

Diego   Dejar de morir Mencía,
               como nos ordena y manda
               el rey, es tan imposible
               como faltar la luz clara
               del Sol en el cielo al mundo.   1550
               No la defendáis, dejadla;
               y sabed que la ocasión

	sois vos de aquesta desgracia.	
Gutierre	¿Cómo?	
Diego	Yo os lo diré	
	cuerpo a cuerpo en la campaña.	1555
	Obedeced a su alteza,	
	y pues causa de matalla	
	sois vos, no la defendáis.	
	¡Monteros! ¡Ah de la guardia!	

(Salen dos monteros y don Gil.)

Gutierre	Hombre, ¿qué es lo que me dices?	1560
	Hombre, ¿qué infierno desata	
	sus tormentos en tu lengua?	
Mencía	¡Ah ingrato! Si tú me matas,	
	¿para qué das culpa al rey?	
Gil	¿Qué es, señor, lo que me mandas?	1565
Diego	Traed aquesta señora	
	conmigo.	
Mencía	¿Que por tu causa	
	muero? ¿Qué mujer con hombre	
	hizo jamás confianza?	
	Mas, aunque muero por ti,	1570
	yo te perdono.	
Diego	Llevadla.	
Mencía	Gutierre Alfonso Solís,	

adiós; que los hombres pagan
desta suerte obligaciones;
mas si por casarte agravias   1575
mi amor, a los cielos dejo,
y a mis deudos, la venganza.

Gutierre   Mencía del alma mía,
                  rayos de las nubes caigan
                  sobre mí si culpa tengo.   1580

Diego   Mira, Alfonso, que te engañas.

(Vanse, y queda don Gutierre solo.)

Gutierre   Si Dios en la tierra tiene
                  a la justicia que ampara,
                  y aquesta la pone el rey,
                  ¿cómo el rey tan mal la guarda?   1585
                  ¡Ay Mencía de mis ojos,
                  prenda querida del alma!
                  Si sola un alma nos rige,
                  ¿qué fuerzas de mí te apartan?
                  Mas en mi poder te quedas,   1590
                  donde vivirá tu estampa,
                  a pesar del rey del mundo,
                  como en sagrado guardada.
                  Pero ya el fiero verdugo,
                  lleno de furia inhumana,   1595
                  habrá pasado el cuchillo
                  por su inocente garganta.

(Sale García.)

García   Señor, ¿con este descuido

73

estás? Saca de la vaina
el limpio acero, defiende   1600
tu honor de los que le agravian.
Presa a mi señora llevan,
y aunque he querido librarla
no he podido; que soy uno
y ellos de seiscientos pasan;   1605
ven, embistamos los dos.

Gutierre   ¡Ay, que yo he sido la causa!

(Sale don Diego.)

Diego   Ya está muerta tu esposa.

Gutierre   Ya aguardaba mi pecho receloso
la nueva rigurosa,   1610
pronosticando un fin tan lastimoso;
que siempre temió el alma
de un don Pedro el rigor, que su bien calma.
Mencía de mis ojos,
espíritu gentil que al cielo subes,   1615
y angélicos despojos
te llevan a pisar las blancas nubes,
para que las estrellas
la tierra sola ponga envidia en ellas.
¡Ay vida de mi vida!   1620
¿La muerte se atrevió ya a daros muerte?
¿Qué puede la homicida
en belleza tan rara ser tan fuerte?
Mas fue la suerte mía.
Don Diego, ¿es cierto que murió Mencía?   1625

Diego   Don Gutierre, ya es muerta,

y vestida de nieve y fina grana,
pisa del Sol la puerta;
ven a Sevilla donde está mi hermana,
en tálamo dichoso   1630
aguardando que llegues por su esposo.
La palabra le diste
antes que con Mencía te casaras,
y ansí nos ofendiste;
que aunque al traidor le pintan con dos caras   1635
en agravios tan llanos
en ti vimos dos caras y dos manos.
A mi hermana burlaste,
y a Mencía también, alevemente.

Gutierre   ¿Qué dices?

Diego   Verdad.

Gutierre   Basta;   1640
que si esa es la verdad, la verdad miente;
y en tu boca se quede;
que si es Dios la verdad, mentir no puede.

Diego   No es tiempo, don Gutierre,
de negar la verdad, ni de encubrilla.   1645

Gutierre   La traición se destierre,
que la verdad hoy probaré en Sevilla,
y siendo desta suerte
acabaré tu infamia con tu muerte.

Diego   Vamos, que en la campaña   1650
os pienso sustentar la opinión mía.

Gutierre	Mira bien que te engaña
	tu intención en tan grande alevosía;
	y esto será de modo
	que no me obligue a ello el mundo todo.	1655

(Vanse.)

(Salen doña Mencía y don Gil.)

Mencía	Hartas leguas me has traído;
	acábame de matar,
	pues en aqueste lugar
	apartado y escondido
	don Diego fió de ti	1660
	su honor y gusto del rey,
	y así cumples con la ley
	de amigo, dándome aquí
	la muerte, como es razón;
	porque si dejas de hacello,	1665
	cometes, amigo, en ello
	alevosía y traición.

Gil	Señora, un hidalgo soy
	montañés, de los monteros
	del rey, de cuyos aceros	1670
	la fama es testigo hoy.
	Gil de Colomba es mi nombre,
	mi escudo por armas toma
	una cándida paloma,
	que es de mi lealtad renombre.	1675
	Y así, sin que cometiera
	contra mi antigua virtud
	bajeza ni ingratitud,
	mi mismo honor ofendiera.

El rey no me mandó a mí,   1680
señora, que yo os matase;
que a don Diego acompañase,
esto me mandó; y así
no es el hacello traición;
y no os pretendo ofender,   1685
que a tan honesta mujer
es servirla obligación;
fuera de que aficionado
le soy al comendador,
y si con tanto rigor   1690
aquí con vos me he apartado,
es para daros la vida,
pues mi principal intento,
debajo de juramento
de que estaréis escondida   1695
en estos campos, sin dar
parte a nadie del suceso,
con la lealtad que profeso,
os quiero libre dejar;
que si esto ha sido rigor   1700
del rey, pasará entre tanto.

Mencía   Con mis lágrimas y llanto
                te pido los pies, señor.

Gil   Soy, señora, amigo fiel
                de Gutierre.

Mencía   ¿Dónde estamos?   1705

Gil   Estos campos que pisamos
                son los campos de Montiel.
                Mas no has de entrar en lugar

	ninguno; que desta suerte	
	se ha de publicar tu muerte;	1710
	y el vestido has de mudar	
	por unas pieles que yo	
	ahora te buscaré.	
Mencía	Los campos de Gelboé	
	Dios a Montiel pasó.	1715
	Malditos campos seáis,	
	y en la más sangrienta lid	
	pierda su Absalón David.	
Gil	Con razón os lamentáis.	
Mencía	Ya que permitís que ansí	1720
	en estos campos me entierre,	
	mirad por mi don Gutierre,	
	que será mirar por mí.	1723

Fin de la segunda jornada

Jornada tercera

(Tocan cajas. Salen el rey y don Gil.)

Voces (Dentro.)	¡Vitoria por don Enrique!	
Gil	Bien sus triunfos significa.	1725
Rey	Yo haré que si ahora publica	
	su bien, que su mal publique,	
	y la batalla he de dar;	
	que, pues mi fuerte escuadrón	
	viene armado de razón,	1730
	ella le ha de hacer triunfar.	
	Tiranía no consiente	
	Dios, que por eso es Dios solo,	
	desde el uno al otro polo,	
	monarca de tanta gente.	1735
	¿No soy legítimo rey	
	de Castilla? ¿No soy yo	
	don Pedro? Pues ¿quién le dio	
	a don Enrique? ¿Qué ley	
	a un tirano favorece?	1740
	Pero contra su mal celo,	
	avisos me ha dado el cielo,	
	y él en más soberbia crece.	
	Mas yo Júpiter seré	
	deste Nembrot arrogante;	1745
	y si él en Flegra es gigante,	
	mil rayos fulminaré.	

(Sale doña Juana.)

Juana	Deme los pies vuestra alteza.

Rey   Alzaos, señora del suelo;
                   ¿qué pedís?

Juana   Bien sé, señor,   1750
                   que ahora a tiempo no llego,
                   porque del furioso Marte
                   las confusiones y estruendo
                   arrebata, y tras sí lleva
                   el ánimo del más cuerdo;   1755
                   y ansí, en aquesta ocasión
                   bien sé que no llego a tiempo,
                   y más cuando don Enrique
                   ansí os provoca soberbio.

Rey   Siempre los vasallos llegan   1760
                   a ocasión; que un rey durmiendo,
                   en la mesa, en el sarao,
                   en la sala, en el suceso
                   próspero, en la infeliz suerte,
                   ha de estar como en el Regio,   1765
                   administrando justicia;
                   donde él está, está el gobierno
                   del cuerpo místico suyo,
                   que es la cabeza del reino;
                   que un rey, por malo que sea   1770
                   mientras juzga, ha de ser bueno.
                   Y ahora a buena ocasión
                   venís, que a las manos tengo
                   la espada de mi justicia,
                   que es ídolo de los pleitos.   1775

Juana   Cristianísimo monarca,
                   por cuyos ilustres hechos,

	Castilla en lenguas del vulgo	
	os llama el rey justiciero;	
	Gutierre Alfonso Solís,	1780
	debajo de juramento...	

Rey   No prosigas, sé el suceso;
¿No es vuestro hermano don Diego?

Juana   Sí, señor.

Rey   Hoy ha llegado
el ejército, y el premio   1785
vuestro llegará también.
Don Gil.

Gil   Gran señor.

Rey   Ve presto.
Llama a don Diego Tenorio.

Gil   Yo voy.

Rey   Venga con el preso
también.

Gil   Haré lo que mandas.   1790

(Vase, y hay dentro rumor.)

(Sale don Fernando.)

Fernando   ¡Prodigio extraño!

Rey   ¿Qué es eso?

Fernando	Casi en la media región,
	y casi puesto en el medio
	de los dos campos se ha visto
	un espantoso suceso.

             1795

Rey   ¿Cómo?

Fernando   Dos fieros dragones
de un arrebatado fuego,
desparciendo de la escama
piedras como el Mongibelo,
el uno al otro enlazados,   1800
sobre la tierra cayeron;
el uno impensadamente,
despedazado y deshecho,
cayó, volviéndose el otro
a levantar por los vientos,   1805
donde, cercado de luz,
todos convertirle vieron
en una estrella tan clara
como el Sol.

Rey   Y ¿aquese estruendo
movió por eso mi gente?   1810

Fernando   Sí, señor.

Rey   ¡Ah vulgo necio!
¿deso se admira?

Fernando   Señor,
como en tu invencible pecho
no hubo admiración jamás

ni se ha conocido miedo,   1815
de aquesa suerte te admiras
de ver que nos admiremos;
mas cuando andan por los aires
y andan por los elementos
estos monstruos, son prodigios   1820
de lamentables sucesos.

(Vase.)

Rey   Anda; que mil veces suelen
                    ser naturales efetos,
                    en el viento congelados,
                    ya por húmedo o por seco.   1825
                    Cuánto y más que estos dragones
                    publican mi vencimiento,
                    y dicen que de mi hermano
                    hoy veré el poder deshecho
                    con su muerte, y desta gloria   1830
                    de otros avisos me acuerdo
                    que el cielo me ha dado, pues
                    mortaja, y puñal sangriento,
                    que en Alanís cierto día
                    dos ángeles me ofrecieron,   1835
                    pronosticaron de Enrique
                    el castigo y vencimiento.
                    Dios me manda que castigue
                    semejante atrevimiento,
                    que es querer ser rey de un rey   1840
                    crimen legis contra el cielo.
                    Hoy he de dar la batalla
                    contra este Luzbel, diciendo:
                    «¿Quién como Dios, si es imagen
                    suya el rey?».

(Salen don Diego y don Gutierre.)

Diego   Ya a tus pies vengo,   1845
y juntamente conmigo
(príncipe ilustre y excelso)
Gutierre Alfonso Solís.

Rey   Don Gutierre, ¿venís bueno?
Alzad, cubrid la cabeza.   1850

Gutierre   ¿Cómo ha de vivir un muerto?
A pedir vengo justicia;
que la pido y no la tengo,
si la pido por Mencía.
Mencía goza del cielo;   1855
pero si por mí la pido,
es agraviarme a mí mesmo.
Bien sabes que por tu causa
di la muerte a un ángel bello
en lo mejor de sus años,   1860
por quien la muerte merezco.
Aunque fue por orden tuya,
vengan sus padres y deudos
y tomen venganza en mí,
que cien mil muertes les debo.   1865

Rey   Gutierre, doña Mencía
murió, yo la culpa tengo;
pero si os quité mujer,
mujer tan ilustre os vuelvo.
La palabra le cumplid;   1870
que los que son caballeros
han de tener en los labios

lo que tienen en el pecho.
Diego, cuñado te doy;
Gutierre, mujer te ofrezco;   1875
y a ti, si marido pides,
con tu marido te dejo.

Fernando   Ya embiste el campo de Enrique.

Rey   Pues recíbanle los nuestros.

(Vase.)

(Dentro: «¡Cierra España! ¡Enrique, Enrique!», y otros: «Armas, armas, ¡Don Pedro!».)

Diego   Don Gutierre, esta es mi hermana;   1880
                la palabra y juramento
                le has de cumplir, o conmigo
                te has de matar.

Juana   Pues el cielo
                tus sinrazones y engaños,
                enemigo, ha descubierto,   1885
                la palabra que me has dado
                me has de cumplir, o sobre ello
                verás revuelta a Castilla
                y al mundo verás revuelto.

Diego   Su esposo has de ser.

Juana   Serás   1890
                mi esposo, infiel.

Gutierre   ¿Qué es aquesto?

Mujer, ¿qué es lo que me pides?
¿Qué pides, hombre? No entiendo
la palabra que me pides
ni tal palabra te debo.   1895
Muerta mi esposa Mencía,
¿tú mi mujer? ¿Tú mi dueño?
¿Yo te he gozado? ¿Qué dices?
Hago al cielo juramento
que no te he hablado palabra   1900
por donde obligarme puedo,
y el cielo es desto testigo.

Diego   ¡Vive Dios! Pues que nos vemos
               en la campaña, remite
               las palabras al acero.   1905

Gutierre   No me des, don Diego, causa
               a que te pierda el respeto.

Diego   Estas lo han de averiguar.

(Hiere Gutierre a don Diego, y cae.)

               Tente, por Dios, que me has muerto.

Gutierre   Bien ves que tengo razón.   1910

Diego   Que la tienes te confieso.

Gutierre   Ahora echarás de ver
               que éste es castigo del cielo.
               Vengan todos tus hermanos;
               que como vayan viniendo,   1915
               les daré la muerte a todos.

	¿Por dónde escaparme puedo?	
	¿Iréme al campo de Enrique?	
	Sí, que no hay otro remedio	
	para escapar con la vida;	1920
	alto, voyme; aquesto es hecho.	

(Vase.)

Juana	Detente, escúchame, aguarda,	
	alevoso caballero,	
	que si a mi hermano has herido,	
	viva en la campaña quedo.	1925
	Mujer, y ofendida soy;	
	mira tú si en el infierno	
	hay furia que se le iguale;	
	rayo seré, seré incendio.	
	Llevarte quiero en mis brazos.	1930

| Diego | Que no es herida, sospecho, | |
| | de muerte. | |

| Juana | Dame la mano. | |

Diego	Del campo nos retiremos;	
	que un agravio no es agravio	
	mientras que vive secreto.	1935

(Vanse.)

(Sale doña Mencía, vestida de pieles.)

Mencía	Desiertos de Montiel,	
	apartada sepultura	
	de una mujer sin ventura,	

y ejemplo de un hombre infiel,
aquí en vuestras soledades   1940
quiero los días pasar
contenta, sin envidiar
lisonjas ni vanidades.
Arroyuelo, que por toscas
guijuelas vais murmurando,   1945
a su sepulcro formando
limpias, cristalinas roscas,
si, como espumosa, vienes
corriendo de donde sales,
pasan ligeros los males,   1950
no pueden tardar los bienes.
¡Oh, si corrieran mis penas
con tanta furia a la muerte!
Mi nombre quiero ponerte,
porque vaya en tus arenas   1955
a la mar, sin que se asombre,
en varios granos escrito,
porque en número infinito
haga pedazos mi nombre.
En la margen le pondré   1960
escrito, pues le han borrado
las olas de mi cuidado,
que de los ojos lloré.

(Escribe en el tablado.)

«Doña Mencía de Acuña
vivió lo que vivirá».   1965
Aquí es escrito, aquí va
nombre que en agua se acuña.
Las márgenes dejo llenas
de mi nombre, para ver

si uno dellos puede ser   1970
eterno en estas arenas.
Pero gente viene allí,
y conocerme podrá.
Quiero esconderme; aquí está
un peñasco que de mí   1975
se ha movido a compasión;
que estos corrientes despojos
son lágrimas que los ojos
me envían de la razón.
¡Válgame Dios! ¿No es aquél   1980
don Gutierre? Sí, ¡ay de mí!
¿Llamaréle? ¿No o sí?
Pero no, que ha sido infiel
hombre que una vez me dio
la muerte bárbaro y fuerte.   1985

(Súbese en un peñasco.)

Gutierre   Cansado de pelear,
                    y con los continuos bríos,
                    salgo ahora a descansar,
                    haciendo los ojos ríos,
                    pues descanso con llorar.   1990
                    ¿Qué importa arbolar pendones,
                    ni vencer los baluartes
                    de las moriscas naciones,
                    ni abatir sus estandartes,
                    añadiendo al rey blasones,   1995
                    ni hacer perder los resabios
                    a sus intenciones locas,
                    trocando el color en labios,
                    si son mis heridas bocas
                    para contar mis agravios?   2000

¿Qué importa, brazos, vencer,
en esta campal batalla,
si remedio no ha de haber
para el alma, que no halla
medio a tanto padecer?   2005
Que, como mi bien perdí,
jamás alivió mi pena.
Unas letras hay aquí
escritas en el arena.
Mencía dice, ¡ay de mí!   2010
¿Estoy loco o es ilusión?
¿Qué es esto, cielo inhumano?
Aquestas seis letras son
de la hermosísima mano
que robó mi corazón.   2015
¿Quién pudo escribir aquí
nombre de tanta alegría?
¿Quién pudo escribir M e n c í a?

Mencía (Arriba.)   Mencía.

Gutierre   ¿Mencía?

Mencía   Sí.

Gutierre   ¿Qué es aquesto? Tras ti voy,   2024
                      voz que engañándome vas.

Mencía   No me hallarás.

Gutierre   ¿Dónde estás?

Mencía   Acerca; en el agua estoy.
                      Mírame en ella.

(Pónese encima de la fuente.)

Gutierre   ¡Ay de mí!

(Va a asirle en la fuente.)

                              Mencía, señora mía.   2025
                              En el agua está Mencía;
                              aguarda, entraré por ti.
                              Dame la mano; mas ya
(Quítase.)   en el cristal no se ve.
                              Fuese; mas si de agua fue   2030
                              en mis ojos estará.
                              Quiérola buscar en ella
                              llorando. ¡Ay dulce Mencía!
                              Mas si el agua al mar se envía
                              ¿para qué te busco en ella?   2035
(Vuélvese a asomar.)   Pero en el agua la veo
                              otra vez; ¿es ilusión?
                              si eres propia, no lo creo.
                              ¿Mencía eres tú?

Mencía   Yo soy.   2040

Gutierre   ¿Dónde estás?

Mencía   Donde me ves.

Gutierre   ¿Es engaño?

Mencía   Verdad es.

Gutierre   Aguarda, que tras ti voy.

Mencía	Escóndome; gente viene.	
	Monte, dame tu favor.	2045

(Vase.)

(Sale García.)

García	Quien pelea con calor	
	forzosamente sed tiene;	
	y es bien que en el campo hubiera	
	tabernas de campo, como	
	tabernas de corte ac domo	2050
	con la sed mi rabia fiera.	
	Pero aquí me está brindando	
	en su arroyo esta traidora,	
	maldita murmuradora,	
	que pienso que murmurando	2055
	está de los que la beben.	
	¡Oh, quién fuera architeclino,	
	para que viera hecha vino	
	la que me brinda!	

(Sale don Gutierre.)

Gutierre	Si mueven	
	como a Atlante mis pies,	2060
	mis ligeros pensamientos,	
	y en los hombros de los vientos	
	que te voy siguiendo ves,	
	aguarda, aguarda, Mencía;	
	remediarás mi pasión.	2065

García	Poderosa es la ocasión

desta maldita porfía.
No me puede resistir;
quiero los ojos cerrar
y hacer la razón errar   2070

....

....

(Échase de bruces en la fuente y cierra los ojos.)

Gutierre   Quiero
                      mirar si en el agua está;
                      mas ¿quién bebe?

García   ¿Quién va allá?
                      ¡Que me ahogo! ¡Que me muero!   2075

Gutierre   ¿Quién eres?

García   García soy,
                      que a ojos cerrados bebía.

Gutierre   ¡Oh vil! ¿Bebiste a Mencía?

García   No, señor.
(Aparte.)   ¡Perdido soy!

Gutierre   Pues en el agua no está,   2080
                      sin duda que la has bebido.
                      A mi Mencía te pido.

García   No sé, señor, donde está.

                      ....

                      ¡Ah del pecho! Nadie oyó.   2085

Gutierre	Llama más.
García	¡Aho! «¿Quién?». Yo.
Gutierre	¿Quién respondió?
García	La asadura.
Gutierre	Sin duda que está en tu pecho; que allá dentro respondió.

García	¿Quién agua jamás bebió	2090
	que le hiciese buen provecho?	

Gutierre	Arrójala.
García	Ya la arrojo. ¡Quién agua a beber me dio! Ya va, mas se atravesó en la garganta.

Gutierre	¡Ah, qué enojo!	2095
	Échala con tiento.	

García	Espera. ¿Quieres que la haga pedazos?

Gutierre	Yo la cogeré en mis brazos.

García	¡Bravo aprieto! Mejor fuera	
	que sobre el agua la echara,	2100
	porque si sucia saliera	
	mejor, señor, se lavara.	

Gutierre	Bien dices.	
García	Señor, repara en ella, y verásla luego en el río.	
Gutierre	¿Salió?	
García	Sí, ¿no la ves nadando allí?	2105
Gutierre	Si es espíritu de fuego, ¿cómo en el agua se ve?	
García (Aparte.)	¿Cómo me podré escapar?	
Gutierre	¿Sabes, García, nadar?	2110
García	Pues, ¿no he de saber, si fue mi padre el pez Nicolao? Aguarda, iré a desnudarme, y verás al agua echarme, viento en popa, como nao. Aguárdame.	2115
Gutierre	¿Adónde vas?	
García	A desnudarme.	
Gutierre	Ven presto.	
García	Pues en libertad me he puesto, Belcebú que vuelva más.	

(Vase.)

Gutierre	¿Qué es aquesto? ¿Estoy en mí?	2120
	¿Quién desta suerte me ha puesto	
	fuera del campo? ¿Qué es esto?	
	¿Por dónde he venido aquí?	
	Mas yo la ocasión he dado	
	para que digan de mí	2125
	que de cobarde huí;	
	eso no, que soy honrado.	
	Cuando están los escuadrones	
	con el enemigo bando,	
	voy a morir peleando,	2130
	y no de imaginaciones.	
	Mas retirándose viene	
	un hombre de la batalla.	

(Sale el rey don Pedro, con la espada desnuda, tras una sombra.)

Sombra	Esto, Pedro, te conviene.	
Rey	¿Yo huir de mi hermano?	
Sombra	Calla,	2135
	porque tu vida no tiene	
	otro remedio.	
Rey	Villano,	
	¿quién eres?	
Sombra	La sombra triste	
	de tu muerte. Que este llano	
	dejes, tu vida consiste.	2140

Rey	Embeleco de mi hermano	
	eres tú, sombra; si vienes	
	a espantarme de su parte,	
	para que deje a Montiel	
	de mí puedes espantarte.	2145
Sombra	No vengo, Pedro, por él;	
	que por Dios vengo a avisarte.	
	Si crédito no me das,	
	oye esta voz que te avisa	
	de lo que ignorante estás.	2150
Rey	El cabello se me eriza.	
Sombra	Escucha, tu fin sabrás.	

(Vase.)

Voces (Cantan dentro.)

	Tendido en el duro suelo,	
	el alma a Dios cuenta dando,	
	muerto yace el rey don Pedro,	2155
	en su sangre revolcado.	
	Los pies tiene don Enrique	
	sobre su cuerpo gallardo,	
	y el puñal sangriento tiene	
	en su vengadora mano.	2160
Rey	¡Oh villanos!, vive Dios	
	que os haga a todos pedazos;	
	ya sé que del fiero crimen	
	son embelecos y encantos;	
	aquí los veréis deshechos	2165

	con la fuerza destos brazos.

Gutierre

Aqueste es el rey don Pedro,
que está con el viento vario
luchando.

Rey

              Espantosas sombras
no penséis que me acobardo.   2170

Cantan

Al espantoso prodigio
se suspenden los dos campos,
y uno alegre y otro triste,
muestran regocijo y llanto;
y los de Enrique   2175
cantan, repican, gritan: «¡Viva Enrique!»,
y los de Pedro
clamorean, gritan, lloran su rey muerto.

(Sale la Sombra.)

Sombra

¿Qué dices?

Rey

              Que no me espantas;
que eres de la vida engaños.   2180

Sombra

Mira, rey, que es el infierno
lugar de los temerarios.
Mira, no tientes a Dios;
que el huir en tales casos
es la mayor valentía.   2185

Rey

¿Yo huir? Vive Dios, que en vano
son tus asombros y miedos.

(Quítale la Sombra la espada.)

	La espada me habéis quitado;	
	venid a mis brazos, sombra.	
(Abrázase con ella.)	Muerto soy.¡Gente, soldados!	2190
	Socorred al rey don Pedro.	

Gutierre	¿Qué me detengo? ¿Qué aguardo?	
	Aquésta es buena ocasión	
	para vengar mis agravios.	

| Rey | ¡Don Gil! ¡Don Diego Tenorio! | 2195 |

Gutierre	Todos te han desamparado,	
	que han permitido los cielos	
	que hayas venido a mis manos.	
	Todos te han dejado solo;	
	nadie diga, rey ingrato,	2200
	deste agua no beberé;	
	que los arroyos más claros	
	tal vez se enturbian y rompen,	
	murmurando mis agravios.	
	A mi mujer me quitaste;	2205
	mas permite el cielo santo	
	que la verdad se descubra,	
	que jamás consiente agravio.	
	Fui tu Abraham obediente,	
	rey, en tu injusto mandato,	2210
	vertiendo inocente sangre,	
	de la castidad retrato.	
	Y por permisión divina,	
	hoy, por tus pasos contados,	
	ha querido la fortuna	2215
	que esté tu vida en mis manos.	

Rey

Gutierre Alfonso, confieso
que estás con causa agraviado
de mí; pues a tus servicios
he sido señor ingrato;   2220
yo confieso que merezco
perder el reino, cortando
la muerte en su primavera
la juventud de mis años.
Confieso que te quité   2225
tu esposa por los engaños
de una mujer alevosa,
cocodrilo envuelta en llanto.
Todo lo confieso, Alfonso;
que Dios por extraños casos   2230
postra la soberbia frente
de los reyes levantados.
Y pues lo confieso todo,
(Arrodíllase.)   y aquí de mi culpa hago
a ti juez, véngate en mí,   2235
que aquí la sentencia aguardo.
Entrégame a don Enrique;
toma venganza, dejando
tu memoria en bronce eterno
y en envidioso alabastro.   2240

Gutierre

Del tiempo las maravillas
hoy, gran rey, de ver echaste;
aunque ahora así te humillas,
que me hablas de rodillas,
con las espaldas me hablaste.   2245
Mira bien que hay que fiar
en el tiempo, mas repara
que me pudiera vengar.

Rey	Vuelve, Gutierre, la cara.

Gutierre	La espalda te quiero dar;	2250
	que desta vez quedo hoy	
	vengado de lo que hiciste;	
	y ansí te dejo y me voy;	
	que si tú espaldas me diste,	
	también espaldas te doy.	2255
	Ansí que, de aquesta suerte	
	mi agravio pongo en olvido,	
	porque, si revuelvo a verte,	
	veré que me has ofendido,	
	y podré vengar la muerte;	2260
	haciendo eternas guirnaldas	
	de zafiros y esmeraldas,	
	merezco conforme a ley;	
	que solo agravios de un rey	
	se han de echar a las espaldas.	2265

Rey	Aguarda, que tu nobleza
	me vence, vuelve.

Gutierre	No haré;	
	que, ofendida tu grandeza,	
	la mujer de Lot seré	
	si atrás vuelvo la cabeza.	2270

(Vase.)

Rey	¿Es posible que te vas
	sin verme? Vuelve a vencerme;
	mas no vuelvas, cuerdo estás;
	porque si vuelves a verme,

en mí un tirano verás.   2275
¡Gran fe! ¡Notable valor!
Don Gutierre, aguarda, espera.

(Sale don Fernando.)

Fernando   ¿Tú das voces, gran señor?
                  ¿Tú estás de aquesa manera?
                  Dime quién es el traidor   2280
                  que te ha puesto desa suerte.

Rey   Gutierre Alfonso Solís
                  me ha querido dar la muerte.

Fernando   ¿Ansí, señor, lo decís?
                  Y ¿envuelta en sangre no vierte 2285
                  el alma?

Rey   Síguele, amigo;
                  que si viene a mi presencia
                  serás en ella testigo
                  de la mayor inclemencia,
                  como del mayor castigo.   2290

Fernando   Yo en tus manos le pondré.
                  ¿Cómo sin espada estás?

Rey   Perdiose; que el trance fue
                  cruel.

Fernando   Ilustrar podrás
                  la mía, aunque no esté   2295
                  teñida de sangre ahora,
                  ya ha parecido coral

en sangre bárbara y mora;
que yo, con solo el puñal
en la mano, que te adora,　　　　　　　　　2300
rompiendo por las escuadras
de las enemigas gentes,
le daré mil puñaladas;
y con la boca y los dientes
....　　　　　　　　2305
como el sangriento lebrel,
le pondré aquí en tu presencia,
porque ejecutes en él
la más bárbara sentencia;
y adiós, que vuelvo con él.　　　　　　　　2310

Rey　　　　　　　　¿En qué punto el campo está?

Fernando　　　　　Tu gente va de vencida;
don Enrique vencerá.
Pon, rey, en salvo tu vida;
que mañana volverá　　　　　　　　　　　2315
la fortuna en tu favor,
si hoy es contraria, siniestra.
Volveré con el traidor.

(Vase.)

Rey　　　　　　　　Quiero, pues el cielo muestra
contra mí tanto rigor　　　　　　　　　　2320
hoy a mañana aguardar;
que mañana podrá ser
quererse el cielo templar.

Voces (Dentro.)　　Él es; llegadle a prender.

Rey	¿Cómo me podré escapar?	2325
	Que el huir en ocasiones	
	es la mayor valentía.	
	¡Tú, tiempo, que así me pones	
	apresura el largo día	
	contra tantas sinrazones!	2330
	Y tú, Sol, que amaneciste	
	turbados tus rayos bellos,	
	destos ampara a un rey triste,	
	pues en escaparme dellos	
	hoy mi vitoria consiste.	2335

(Vase.)

(Sale doña Mencía.)

Mencía	Los campos de Montiel	
	busqué para sepultura,	
	y en ellos no estoy segura	
	del rey don Pedro el Cruel;	
	que contra su hermano Enrique	2340
	con su escuadrón ha venido,	
	y la batalla hoy ha sido.	
	Ruego al cielo que publique	
	el conde de Trastamara	
	contra este infiel la vitoria,	2345
	porque su vida y memoria	
	de las láminas borrara.	
	Pero por la senda viene	
	huyendo un hombre.	

(Sale el rey, huyendo.)

| Rey | Montañas, |

	meted en vuestras entrañas	2350
	un rey que amparo no tiene,	
	que a ser soberbio y bizarro,	
	espantaba con sus leyes	
	y hoy da a entender que los reyes	
	somos estatuas de barro.	2355
	¿Cómo me podré esconder	
	de los que me han conocido?	
	Mas sospecho que ha parido	
	este monte esta mujer	
	para que me ampare y dé	2360
	una gruta en que me esconda.	
	¿Mujer?	
Mencía (Aparte.)	No sé si responda.	
Rey	Si la piedad y la fe	
	que a tu natural señor	
	debes, te obliga, aquí viene	2365
	el rey don Pedro, que tiene	
	hoy, mujer, de tu favor	
	necesidad; considera	
	que todo un campo me sigue,	
	y mi hermano me persigue.	2370
Mencía	Yo favor, señor, os diera,	
	a tener vida, por Dios;	
	que un cruel della me priva.	
Rey	¿No estás viva?	
Mencía	Aunque estoy viva	
	estoy muerta para vos.	2375
	Si lo que ha de suceder	

todos los hombres supieran,
algunas cosas no hicieran
mal hechas.

Rey   Dime mujer
            quién eres.

Mencía   Un cuerpo muerto;   2380
            que, a no matarme un rigor,
            ahora os diera favor;
            mas fue vuestro el desconcierto.
            Y ansí, no os puedo ayudar;
            pero Dios os ha traído   2385
            a mis manos, que ha querido
            vuestras crueldades vengar.

Rey   ¿Quién eres, mujer?

Mencía   Quien fue;
            que ya no soy lo que fui.

Voces   (Dentro.) Atajadle por ahí.   2390

Rey   La gente viene, ¿qué haré?

Mencía   En esta cueva os meted,
            que entre estos ramos procura
            ser mi eterna sepultura.

Rey   ¿Descubrirásme?

Mencía   Tened   2395
            de un muerto más confianzas;
            porque es cosa conocida

	que se acaban con la vida	
	los rencores y venganzas.	
Rey	No creí, ni imaginé	2400
	que a tal la fortuna obliga.	
Mencía	Escóndete, y nadie diga	
	deste agua no beberé.	

(Escóndese el rey; salen los soldados.)

Soldado I	Si no le tragó el monte,	
	aquí le vimos todos que corría.	2405
Soldado II	Por todo este horizonte,	
	que de dorados copos baña el día,	
	persona no parece,	
	si no es esta mujer que aquí se ofrece.	
Soldado I	¿Dónde está el rey?	
Mencía	Señores,	2410
	su real persona aquí estuvo escondida	
	entre azules flores.	
Soldado II	Con su muerte das hoy al reino vida.	
Todos	El triunfo se publique;	
	¡muera don Pedro y viva don Enrique!	2415

(Vanse.)

| Mencía | Sal, rey, y conoce hoy | |
| | quién soy y mi nombre; advierte | |

que cuando me das la muerte,
yo a ti la vida te doy.
Gil de Colomba me dio   2420
la vida que ves aquí,
que para dártela así,
solo la he querido yo;
porque cuando en tal lugar
la vida a perder viniera,   2425
solo perderla sintiera
por no podértela dar.
Pues vivo, vive también,
y conoce, en trance igual
que aquí te doy bien por mal,   2430
cuando tú das mal por bien.

Rey   Ya tus crueldades temía
                  y temí que me entregaras
                  a mi hermano, mas declaras
                  tu fe, divina Mencía.   2435

Mencía   Quiero ansí afrentar tu ley.
                  Vete por esa aspereza.

Rey   Mucho vale la nobleza.

Mencía   Y más la lealtad de un rey.

(Salen don Diego y don Gutierre.)

Diego   Dame esos brazos.

Gutierre   Detente.   2440

Diego   ¿Por qué tus brazos me niegas?

Gutierre	Siempre yo a mis enemigos
	los traté desta manera.
Diego	Confieso, Gutierre Alfonso,
	que lo he sido, mas ya es fuerza
	ser tu amigo, porque estoy
	vencido de tu nobleza.
	Con la punta de tu espada
	abriste en mi pecho puerta,
	por donde entraste hasta el alma
	la amistad y la fe nuestra.
	Deja ya viejas pasiones,
	las enemistades deja,
	y hoy la divina amistad
	principio en las almas tenga.
	Si murió doña Mencía,
	Alfonso, por culpa nuestra,
	ya sabéis que es el honor
	vidrio que a un golpe se quiebra.
	Bien sé que miente mi hermana,
	porque en la mujer primera
	aprendieron las demás
	la mentira y la soberbia.
	Ella misma se afrentó,
	y es tan ligera una afrenta,
	que vuela por todo el mundo
	en las alas de las lenguas.
	Noble soy, tú caballero;
	razón tienes, ten clemencia;
	que en tus generosos labios
	está mi honor o mi afrenta.
Gutierre	Pues si le importa a tu honor,

Gutierre   Siempre yo a mis enemigos
              los traté desta manera.

Diego   Confieso, Gutierre Alfonso,
              que lo he sido, mas ya es fuerza   2445
              ser tu amigo, porque estoy
              vencido de tu nobleza.
              Con la punta de tu espada
              abriste en mi pecho puerta,
              por donde entraste hasta el alma   2450
              la amistad y la fe nuestra.
              Deja ya viejas pasiones,
              las enemistades deja,
              y hoy la divina amistad
              principio en las almas tenga.   2455
              Si murió doña Mencía,
              Alfonso, por culpa nuestra,
              ya sabéis que es el honor
              vidrio que a un golpe se quiebra.
              Bien sé que miente mi hermana,   2460
              porque en la mujer primera
              aprendieron las demás
              la mentira y la soberbia.
              Ella misma se afrentó,
              y es tan ligera una afrenta,   2465
              que vuela por todo el mundo
              en las alas de las lenguas.
              Noble soy, tú caballero;
              razón tienes, ten clemencia;
              que en tus generosos labios   2470
              está mi honor o mi afrenta.

Gutierre   Pues si le importa a tu honor,

	yo me casaré con ella.	
Diego	Dame a besar esos pies.	
Gutierre	Tente; que si acaso piensas	2475
	que la tengo de querer	
	ni he de hacer vida con ella,	
	te engañas, porque Mencía	
	vive en mi memoria eterna.	
	Y advierte, don Diego amigo,	2480
	que aunque sé cierto que es muerta,	
	la quiero tanto y la adoro,	
	que la tengo en mi presencia.	
	Mas porque el mundo no diga	
	que soy causa de su afrenta,	2485
	solo por darte ese gusto	
	quiero que mi mujer sea.	

(Sale don Fernando.)

Diego	De la suerte que ordenares	
	me das honra.	
Fernando	No quisiera	
	haberos hallado juntos;	2490
	mas no importa que así sea,	
	porque me honro de buscaros.	
	¿Los dos conocéisme?	
Gutierre	Fuera	
	no tener razón humana,	
	si acaso no os conociera;	2495
	yo os conozco, don Fernando.	

Fernando	¿Sabéis quién soy?

Gutierre   Tu nobleza
es conocida en Castilla.

Fernando   Pues tenéis noticia della,
de los dos, con justas causas,   2500
tengo justísimas quejas:
de ti, que a tu hermana ofreces,
y de loca y descompuesta
da a Alfonso entrada en su casa;
de ti, que al cabo la dejas   2505
engañada, y buscas otra;
de ti, porque no te vengas;
de ti, porque fe no guardas
a las mujeres que afrentas;
de ti, porque no le matas;   2510
de ti, porque no remedias
afrentas tan conocidas;
de ti, porque vivo quedas
cuando está muerto tu honor;
de ti, porque no lo entierras.   2515
De los dos me quejo, Alfonso,
pues sabiendo mi nobleza,
la procuraste manchar
ansí con infamias vuestras,
dándome tú a doña Juana   2520
por mujer, sabiendo que era
no honrada.

Gutierre   No des lugar
a que adelante la lengua;
que es doña Juana Tenorio
tan noble, honrada y honesta,   2525

que puede dar honra a muchos
con la que le sobra a ella;
y es ya mi mujer.

Diego   Y cuando
no lo fuera, era tan buena,
tan honesta y virtuosa,   2530
que diera a muchos nobleza.

Fernando   Pues, ¿cómo públicamente
la infamaste en mi presencia
pidiendo venganza al rey?
Que aquella se llama ofensa   2535
que el que la padece y siente
la conoce y la confiesa.
Siempre yo juzgué a tu hermana
por mujer cuerda y honesta;
tú lo contrario dijiste,   2540
la culpa ha estado en tu lengua.

Diego   Ella se infamó a sí misma,
confesando tal flaqueza,
porque no pudo caber
en mi pecho tal bajeza.   2545

Fernando   Ahora, Gutierre Alfonso,
con vos otro pleito queda;
sabed que el rey, mi señor,
me manda que os mate o prenda.

Gutierre   ¿Qué rey?
                         ¿Hay más que un rey?   2550

Fernando   El rey de Castilla; que esas

112

	escuadras que trae Enrique	
	ya de sus leones tiemblan.	
Gutierre	Y ¿por qué prenderme manda?	
Fernando	Por traidor.	
Diego	¿Qué dices?	
Gutierre	¿Piensas,	2555
	don Diego, que esto es verdad?	
Fernando	Porque ansí el rey lo confiesa.	
	Buscándole por el campo,	
	en la batalla sangrienta,	
	le hallé solo dando voces,	2560
	diciendo: «Gutierre, espera».	
	Acudí, y vi que tenía	
	quebrada la espada, y era	
	Gutierre Alfonso Solís	
	el que con la espalda vuelta	2565
	dél huía, porque vio	
	que acudía a su defensa.	
	Preguntéle la ocasión	
	de estar de aquella manera,	
	y dijo: «Gutierre Alfonso	2570
	con crueldad y con fiereza	
	la muerte me quiso dar».	
	Y mandó que te prendiera.	
Gutierre	¿El rey dijo tal?	
Fernando	Si son	
	bastantes aquestas señas,	2575

	crédito me podéis dar.
Gutierre	¿Quién podrá tener paciencia?
	Vamos, y al rey le diré
	que es engaño, en tu presencia.
	¡Ah rey don Pedro! ¿Es posible 2580
	que siempre don Pedro seas?

(Vanse.)

(Sale el rey don Pedro y un Caballero.)

Caballero	De que te habías escapado
	de la batalla, da muestras
	de sentimiento tu hermano,
	en las cajas y trompetas. 2585
Rey	Aqueste funesto día
	mil pronósticos me enseña
	de agüeros y de portentos,
	que me espantan y atormentan.
	Parece que aquestos campos, 2590
	llenos de abrojos y adelfas,
	están provocando, tristes,
	espanto, horror y tristeza.
	Mas, ¡vive Dios! que mañana
	he de dar fin a estas guerras, 2595
	haciendo que se remitan
	a los dos.
Caballero	¡Gran señor!, deja
	guerras, y con varios modos
	con tu hermano te concierta;
	que, como tú quieras paz, 2600

	él te dará la obediencia.	
Rey	Calla, cobarde.	
Caballero	¡Señor!	
Rey	¿Estando a mi lado tiemblas?	
	Vive el cielo, que mañana,	
	donde los campos nos vean,	2605
	hemos de hacer la batalla;	
	que si a mis brazos se deja,	
	yo le haré en ellos pedazos,	
	dando fin a tantas guerras.	

(Sale un Criado y don Gil.)

Criado	Aquí está Gil de Colomba.	2610
	....	
Rey	Ven acá; ¿quién te entregó,	
	para que muerte le dieras,	
	dime, a Mencía de Acuña?	
Gil	Don Diego Tenorio.	
Rey	Y della	2615
	¿qué hiciste?	
Gil	¡Señor!	
Rey	Acaba.	
Gil	Degolléla y enterréla,	
	guardando el orden que tuve.	

Rey   ¿Adónde?

Gil   En Sierra Morena.

Rey   Mientes, villano, llevadle   2620
y cortadle la cabeza.

Gil   ¡Gran señor!

Rey   Calla, villano
que ansí mueren los que dejan
de servirme; que los reyes
es razón que se obedezcan   2625
....

Gil   Solo porque no muriera,
gusto, aunque es injusta cosa,
señor, el morir por ella.

(Llévanle.)

(Sale doña Juana.)

Juana   A vuestros cesáreos pies   2630
vengo, señor, con vergüenza;
mas, como justicia busco,
os he de buscar por fuerza.

Rey   ¿Cumplió sus obligaciones
don Gutierre?

Juana   Antes las niega.   2635

Rey (Aparte)   (No creo de don Gutierre
una cosa tan mal hecha;
probar quiero esta mentira
con aquesta estratagema.)
Gutierre Alfonso Solís   2640
hoy ha de morir, y deja
ordenado que tu hermano
te haga tomar en las Huelgas
el hábito, porque quiere
que seas monja profesa;   2645
que lo que tú confesares
de tu honor, él lo confiesa,
remitiendo el vituperio
a la virtud de tu lengua.

Juana   Señor, pues si la verdad   2650
hoy a mis labios se deja,
enamorada y perdida
me levanté esta bajeza
contra mi honor; porque en él
todo es virtud y nobleza.   2655

Rey (Aparte.)   La verdad sacó el temor
de ser monja.

(Sale un Soldado.)

Soldado   Ya en la tienda
la mujer que me mandaste,
entiendo que estará, muerta.

(Salen don Fernando, don Diego y don Gutierre.)

Fernando   Ya le traigo, señor, preso.   2660

Gutierre	¿Por qué mandas que me prenda?
Rey	Por traidor.
Gutierre	¿Yo soy traidor? ¿En qué lo he sido?

Rey   Si dejas
de servirme, y por mi hermano
me desamparas y truecas;   2665
si me amenazas, soberbio,
y con las espaldas vueltas,
hablándote de rodillas,
me aniquilas y desprecias,
¿no es traición?

Gutierre   ¿Esa es traición?   2670

Rey   Llevadle a mi tienda, y muera.
Vos, soldado, ejecutad
lo que este papel ordena.

Soldado   Yo voy luego.

Gutierre   ¡Ah rey don Pedro!
¿Así servicios se premian? (Llévanle.)   2675

Rey   ¿Matar a doña Mencía
no te mandé?

Diego   Pues, ¿no es muerta?

Rey   No, traidor, que viva está.

Llevadle, llevadle, muera;
que es razón que los vasallos   2680
a los reyes obedezcan.

(Llévanle.)

Juana   ¿Quién vio tan grande crueldad
               y una tan grande inclemencia?

Rey   Aunque el vulgo, inadvertido,
               por razones indiscretas,   2685
               me da el nombre de Cruel,
               siendo mi justicia recta,
               soy hombre que miro y pienso
               las cosas con más prudencia
               que lo siente el vulgo vario;   2690
               y ansí, quiero que se entienda
               que si condené esta parte
               con rigurosa sentencia,
               la revoco por injusta,
               y los perdono por ésta.   2695
               A don Gutierre quité
               su amada y querida prenda,
               mandando a Gil de Colomba
               que le diera muerte fiera.
               Don Diego engañado fue   2700
               por su hermana, y todas estas
               cosas obliga a esta gente
               a dejarme por su ofensa,
               pues siendo yo el ofensor
               desto, los perdono y vea   2705
               el vulgo que si castiga
               don Pedro, que el rey les premia.

(Sale un soldado, con dos guirnaldas en una fuente, la una de laurel y la otra de flores y don Fernando.)

Soldado   Ya hice lo que mandaste,
                 señor, por tu firma y cédula,
                 sin que del orden que diste   2710
                 ninguno del campo exceda.

Rey   Verlos quiero a todos; corre
                 la cortina desa tienda.

(Corre el soldado la cortina.)

(Salen don Gutierre, don Gil, don Diego, doña Mencía, y pónense de rodillas.)

Rey   Gutierre Alfonso Solís,
                 por virtud y fortaleza,   2715
                 digno de la mejor dama
                 que ha conocido la tierra,
                 en vez de muerte, recibe
                 la corona que te espera;

(Dale una corona de laurel.)

                 que la de Castilla, Alfonso,   2720
                 te quisiera dar en ella.
                 Y vos, divina Mencía,
                 honor de Porcia y Lucrecia,
                 gozad el esposo, digno
                 de matrona tan honesta,   2725
                 y esta corona de flores.

(Dale una corona de flores.)

	Y a vos, don Gil, que con ella tuvisteis tanta piedad, mis brazos y mi clemencia.	
Gutierre	A aquestas hechuras suyas les dé los pies vuestra alteza.	2730
Rey	Los brazos, con el maestrazgo, os doy.	
Gutierre	Son grandezas vuestras.	
Rey	A Fernando, a doña Juana por esposa, y a Oropesa en dote con siete villas.	2735
Fernando	Soy contento.	
Juana	Soy contenta.	
Rey	Vamos, que quiero que ansí deis por el campo una vuelta.	
Gutierre	Y el desafío de Enrique para mañana se queda remitiendo lo que falta a la segunda comedia.	2740 2743

Fin de la comedia

Libros a la carta

A la carta es un servicio especializado para
empresas,
librerías,
bibliotecas,
editoriales
y centros de enseñanza;
y permite confeccionar libros que, por su formato y concepción, sirven a los propósitos más específicos de estas instituciones.

Las empresas nos encargan ediciones personalizadas para marketing editorial o para regalos institucionales. Y los interesados solicitan, a título personal, ediciones antiguas, o no disponibles en el mercado; y las acompañan con notas y comentarios críticos.

Las ediciones tienen como apoyo un libro de estilo con todo tipo de referencias sobre los criterios de tratamiento tipográfico aplicados a nuestros libros que puede ser consultado en Linkgua-ediciones.com.

Linkgua edita por encargo diferentes versiones de una misma obra con distintos tratamientos ortotipográficos (actualizaciones de carácter divulgativo de un clásico, o versiones estrictamente fieles a la edición original de referencia).

Este servicio de ediciones a la carta le permitirá, si usted se dedica a la enseñanza, tener una forma de hacer pública su interpretación de un texto y, sobre una versión digitalizada «base», usted podrá introducir interpretaciones del texto fuente. Es un tópico que los profesores denuncien en clase los desmanes de una edición, o vayan comentando errores de interpretación de un texto y esta es una solución útil a esa necesidad del mundo académico.

Asimismo publicamos de manera sistemática, en un mismo catálogo, tesis doctorales y actas de congresos académicos, que son distribuidas a través de nuestra Web.

El servicio de «libros a la carta» funciona de dos formas.

1. Tenemos un fondo de libros digitalizados que usted puede personalizar en tiradas de al menos cinco ejemplares. Estas personalizaciones pueden ser de todo tipo: añadir notas de clase para uso de un grupo de estudiantes, introducir logos corporativos para uso con fines de marketing empresarial, etc. etc.

2. Buscamos libros descatalogados de otras editoriales y los reeditamos en tiradas cortas a petición de un cliente.